AF489794

EN LÍNEA RECTA
hacia el
ABISMO

AILÍN CALIRE

Título original: En línea recta hacia el abismo
Autora: Ailín Calire ©
Fecha de publicación: agosto de 2022
Diseño de portada: Ailín Calire ©
Diseño y maquetación interior: Ailín Calire ©
2022
Ilustraciones realizadas con base en imágenes de Pixabay.com

Sello: Independently published

Todos los derechos reservados
ISBN: 9798846430099
Sello: Independently published

NOTA DE AUTORA

En el presente libro se encontrarán con relatos de todo tipo, en los que se muestra el lado más crudo de la vida, incluso el lado más cruel del ser humano. Sin embargo, también existen algunos relatos que salen de esto, pero que tienen un condimento que hace que todo tenga sentido.

Si eres sensible a ciertos temas como los abusos, la violencia física, entre otros, te recomiendo que te adentres en estas historias con cuidado y con la mente abierta. Lo aquí expuesto no es más que un trozo de la realidad que, lamentablemente, viven a diario, cientos de personas.

Ahora sí, sin más que agregar, te invito a que leas estas historias y que, si se puede decir de esa forma, las disfrutes, o, por lo menos, te hagan reflexionar y pensar en todo lo que podemos hacer los seres humanos, si dejamos salir a nuestro Mr. Hyde.

*A las dos personas que más amo: mi hija y mi esposo,
por estar en todo momento a mi lado, por apoyarme
y darme las fuerzas necesarias para no desistir.*

A mis padres, por su apoyo incondicional.

*A mis abuelos, porque desde donde estén,
me acompañan en cada paso que doy.*

CENIZAS DE LIBERTAD

«No soy un Ave Fénix,
sino una mujer
con una fuerza brutal
que logró salir de los infiernos».
Chavela Vargas.

CENIZAS DE LIBERTAD

Si tuviera que describir quién era yo en una sola palabra, esa sería: *cobarde*; una persona con miedo, incapaz de salir adelante, de escapar del agujero negro en el que se había convertido mi vida.

Sí, esa era yo, una pusilánime; pero solo hasta aquel día en el que por fin tuve las agallas suficientes para huir de ese tormento.

Hoy, sentada a la mesa de la cocina de mi nuevo hogar, he decidido contar mi historia; una historia que quiero que el mundo conozca, para que pueda entender por qué hice lo que hice, por qué me convertí en una *asesina*.

No, no lo escribo buscando redimirme o para pedir perdón —ya he cumplido la condena que me corresponde—, sino que lo hago con el fin de desahogarme; para que, aun sin comprenderme, el mundo sepa de lo que una persona puede ser capaz cuando se la empuja al límite.

Sí, se lo escribo al mundo, pero también a ti, aunque ya no puedas leerlo.

No diré mi nombre, ya que pretendo continuar en el anonimato, pero sí sabrán quien me hizo aquello —quien me convirtió en un ser más muerto que vivo. Hasta que tuve el valor suficiente para tomar el toro por las astas, decidida a vivir, a pesar del presidio que me esperaba.

Su nombre era Albert. Sí, Albert, el hombre que me pintó el mundo de colores pasteles y me hizo sentir que la vida valía la pena; quien me hizo creer que la soledad era cosa del pasado, para, tiempo después, dejarme al borde del *abismo*.

Así es, tú, maldito perverso, fuiste quien me hizo pensar que la vida me sonreía, mientras te dedicabas a guiarme al borde del precipicio.

Jamás olvidaré el día en el que te conocí. Trabajaba en una empresa de turismo, cuando atravesaste la puerta acristalada del edificio, haciendo que todo se desdibujara a mi alrededor. En ese momento solo tenía ojos para *ese* hombre alto, fornido, de cabello negro como la noche y de ojos grises, de mirada profunda.

Sin ser capaz de imaginar que a partir de aquel instante mi vida cambiaría por completo —y no precisamente para bien—, respondí a todas tus preguntas, con una sonrisa boba grabada en el rostro, mientras un cosquilleo se adueñaba de la boca de mi estómago, y te brindé hasta el más mínimo detalle por el simple hecho retenerte unos minutos más junto a mí.

—Muchísimas gracias —me dijiste, cuando ya había agotado hasta la última pizca de la información de la que disponía—. Londres me parece excelente. Sin embargo, necesito pensarlo con detenimiento. Volveré pronto —prometiste.

Y así lo hiciste, regresaste; pero no por el paquete del que tanto te había hablado, sino que volviste por mí, o, al menos, eso fue lo que me dijiste aquel día, endulzándome los oídos con palabras dulces y atractivas que me llenaron de placer y de fe.

Me invitaste a salir una y mil noches, me hiciste sentir la mujer más amada e importante del mundo. Caí en tus redes, loca, enamorada, sin pensar ni por un instante en el futuro. Tan solo era capaz de vivir el presente que me regalaba la vida junto a ti.

Nuestro noviazgo fue vertiginoso, una experiencia diferente a todo lo que alguna vez había imaginado, una realidad de la que no quería escapar por nada del mundo.

Los meses pasaron uno tras otro, mientras recibía tus constantes visitas y tus cientos de obsequios, y me resguardaba en tus abrazos y tus besos… Sí, aquellos meses fueron los mejores de mi vida, al menos, hasta que me di cuenta de quién eras en realidad.

Poco después de nuestra primera cita, una noche de verano, en la que nos encontrábamos frente al televisor de la sala, me miraste a los ojos y, tras acercarte a mí, me susurraste al oído esas dos palabras que tanto había anhelado que salieran de tu boca.

—Te amo —dijiste, quitándome el aliento.

En ese momento, mi mundo, ya pintado de rosa gracias a ti, se transformó en un caleidoscopio de colores brillantes y formas hipnóticas.

—Yo también te amo —murmuré con una sonrisa radiante, tras lo cual me abalancé sobre ti para besarte como si fuera la primera vez, antes de fundirnos en los brazos de la pasión.

Me cegaste y yo te amé. Te amé con locura, como jamás imaginé amar a nadie.

Y así pasé los meses siguientes: obnubilada por ti. Hasta que, subidos al punto más alto de la Torre Eiffel, como si de una novela romántica se tratase, te hincaste ante mí y, sacando una diminuta cajita del bolsillo de tu chaqueta, me miraste a los ojos y me pediste matrimonio.

—Eres lo mejor que me ha sucedido en la vida y no me la imagino sin ti, es por eso que me gustaría preguntarte: ¿aceptarías ser mi esposa? —dijiste, ante la mirada atenta de los miles de turistas que se agolpaban a la espera de que llegase su turno de presenciar una magnífica vista de la ciudad de París.

Sorprendida por tus palabras, me acuclillé frente a ti, sin percatarme de las lágrimas que habían comenzado a empapar mis mejillas.

—Claro que sí, mi amor —respondí, sintiendo como un nudo oprimía mis cuerdas vocales.

Perdidos como estábamos en nuestro pequeño mundo, nos incorporamos a la vez, olvidándonos de aquella bella y mágica vista que nos ofrecía la tarde parisina, para alejarnos de la multitud sin dejar de sonreír como dos adolescentes enamorados.

Un año más tarde, me esperabas en el altar, mientras yo me encaminaba hacia ti, ataviada con aquel vestido que tan ceñido me quedaba, producto del hijo que llevaba en mi vientre. Sí, una nueva felicidad se había sumado a mi vida en los últimos cinco meses y no podía pedir más. Me sentía radiante. No solo me uniría en matrimonio al hombre que tanto amaba, sino que pronto seríamos padres.

Con el corazón henchido de felicidad, te sonreí cuando mi padre me entregó a ti.

¡Por fin mi sueño se convertía en una realidad!

No obstante, poco tiempo después, cuando cursaba mi séptimo mes de embarazo, comprobé que no todo en la vida es color de rosas, al notar severos cambios en tu comportamiento.

Prácticamente de un día para otro, te convertiste en un hombre taciturno, frío y distante. Todos los días, cuando llegabas del trabajo, lo hacías con el ceño fruncido y con un carácter completamente agresivo. Ya nada te importaba, solo eras tú, tú y tú. Ya no existía ni el más mínimo rastro del hombre que había logrado enamorarme. Los abrazos, los besos, las caricias y las palabras dulces se convirtieron, en un abrir y cerrar de ojos, en una exigencia tras otra.

«*¿Por qué* ha cambiado?», me preguntaba, una y otra vez, durante las noches en las que las patadas de Michael no me permitían descansar. «Puede que esté teniendo problemas en el trabajo», me decía, mintiéndome en un vano intento por encontrarle el sentido a aquel cambio tan repentino.

Como una idiota, tardé demasiado tiempo en darme cuenta de que ese era el verdadero Albert y no aquel hombre atento que se había ganado mi corazón.

Sí, el Albert que había conocido no había sido más que una vil máscara para conquistarme, pero ¿con qué fin? Jamás lo supe. Sin embargo, en este momento esa incógnita ya no me quita el sueño.

Transcurría el último mes de embarazo, un momento que había imaginado que sería el más hermoso de nuestras vidas, un momento que debería haber sido de unión y compañerismo; sin embargo, lo único que recibí de tu parte fue que te alejaras más y más, dejándome cada vez más sola.

¡Te necesitaba, Albert! No te imaginas cuánto te necesitaba. Pero a ti jamás te importó y tan solo te limitaste a abandonarme en el momento más importante de mi vida, convirtiéndolo en algo tedioso y rutinario, mientras me sumía en la pena de no comprender qué estaba sucediendo.

Comencé a sospechar de ti, temía que todo ese tiempo me hubieses estado mintiendo a la cara y hubiese otra mujer en tu vida. Quería gritarte y echarte en cara todo lo que me estabas haciendo sentir y vivir: la carencia de afecto, el daño que me infligías, el maltrato al que me sometías… No obstante, me lo tragaba todo por el bienestar de mi pequeño, intentando convencerme de que todo estaría bien; de que aquello no era más que pasajero; de que cuando vieras a nuestro hijo volverías a ser el hombre del que me había enamorado perdidamente.

Pero ¡qué ilusa! Mientras yo construía castillos en el aire, tú te empleabas cada vez más en la construcción de aquel muro que nos separaba.

—¿Qué te pasa? —pregunté una noche en cuanto atravesaste la puerta.

—Nada —respondiste escuetamente, tomando asiento frente a la mesa, a la espera de que te sirviera la cena, la cual debía tener lista con puntualidad para evitar discusiones.

—Te necesito. Estoy el último mes de embarazo. Cualquier día puede ser: *el día* —dije, poniendo énfasis en las últimas dos palabras.

—¡No me jodas! —gritaste, pegando un puñetazo sobre la mesa mientras me penetrabas con la mirada.

—¿Qué? —pregunté incrédula, a pesar del miedo que se había adueñado de mi cuerpo—. Estoy hablándote del nacimiento de nuestro hijo. ¡¡*Nuestro*!! —exclamé colérica, remarcando tu responsabilidad.

—¡Me importa una mierda! —gritaste, levantándote furioso.

—¿Acaso es eso? ¿Te importa una mierda nuestro hijo? —me atreví a preguntar, sin saber que esa sería la primera vez, mas no la última, que te atreverías a levantar una mano contra mí.

Me golpeaste sin piedad. La cólera se había adueñado de ti. Tu mirada desencajada, la mandíbula apretada, los insultos que escupías uno tras otro, sumado a los puñetazos y a las patadas, eran pequeños aguijones que se clavaban en mi piel, embebidos en un sutil pero poderoso veneno. Un veneno que me dañó hasta lo más profundo, matando lo más preciado que tenía en la vida.

Mientras recibía aquel inmerecido trato, deseaba ser capaz de regresar en el tiempo. Sin embargo, ya nada podía hacer, más que permanecer allí, tendida sobre el suelo de linóleo de la cocina, recibiendo aquella lluvia venenosa que caía sobre mí, como juicio por un delito que no había cometido.

Tu mirada desquiciada y tus palabras hirientes me dolieron más que todos los golpes que me propinaste. Porque yo confiaba en ti, Albert, te confié mi corazón y tú solo te dedicaste a destruirlo.

Aquellos minutos fueron los más tristes de mi vida, no porque los posteriores fuesen mejores, sino porque, en aquel momento, la venda cayó de mis ojos de una vez por todas, permitiéndome ver el monstruo con el que me había casado.

No obstante, lo peor vino después.

Aquel día, fue el principio del fin de mi vida, de la vida de *mi* hijo.

A la mañana siguiente, me levanté con dolores horribles en el bajo vientre. Sentía que me moriría. Sin embargo, un miedo mayor me envolvió por completo. «Mi niño, mi pequeño», me repetía una y otra vez, entrando en pánico.

De inmediato, y a duras penas, tomé el teléfono que se encontraba junto al sofá y llamé a mi madre, quien veinte minutos después aporreaba la puerta como si se le fuese la vida en ello.

Junto a ella esperé la llegada de los paramédicos, mientras lloraba retorciéndome del dolor. Mi madre, presa del pánico y sin saber qué hacer, se dedicaba a secar el sudor que recorría mi frente, intentando, en vano, infundirme ánimos.

El servicio de emergencias se demoró más de lo que hubiese querido, pero esto no lo supe hasta tiempo después, ya que lo único que tenía en mi cabeza, en aquel momento, era no perder a mi hijo. Temía lo peor.

Me subieron a una camilla móvil, mientras uno de los paramédicos interrogaba a mi madre sobre lo ocurrido. Poco era lo que le había contado, pero sí lo suficiente como para que se hiciese una idea. Su instinto materno, sumado a mis moratones y heridas, le permitieron captar la situación al completo sin tener que explicarle demasiado.

Una vez sobre la camilla, me subieron a la parte trasera de la ambulancia para llevarme, a velocidad de vértigo, hasta el hospital más cercano. Una vez allí, producto del dolor agudo que sentía, me sumí en la más profunda inconsciencia. Desperté rodeada de médicos y enfermeras, en una blanca e impoluta sala.

Jamás podré olvidar el rostro de aquella mujer que, después de realizarme la ecografía, no encontraba palabras para transmitirme la devastadora noticia.

—Lo siento mucho —dijo, mientras sus ojos cafés se anegaban de lágrimas—. Debemos realizar una cesárea. No existen signos vitales… Lo siento mucho.

Grité, grité y grité. Aullé como una enferma mental hasta que mi garganta comenzó a arder. Continué gritando y llorando hasta que, una vez más, me desmayé camino al quirófano.

Al despertar, me encontraba en otra aséptica habitación del hospital, rodeada de máquinas y con ambos brazos repletos de agujas por las que me suministraban suero y analgésicos.

Cuando intenté tocarme el vientre, sentí que una mano cálida se posaba sobre mi brazo. Se trataba de mi madre, quien me observaba con el rostro demacrado a causa del llanto que ella tampoco había logrado contener. Las dos nos fundimos en un incómodo abrazo, intentando unir los pedazos en los que habías fragmentado mi vida.

Me arrebataste lo único bueno que habías hecho: a mi hijo, Alberto. ¡MI hijo!

—Mi niña. Mi niña —sollozaba mi madre sin dejar de abrazarme, mientras enormes lágrimas iban creando surcos negros en sus redondas mejillas.

Tú, hijo de puta, nunca apareciste por allí durante los tres días que estuve hospitalizada. Tan solo te limitaste a hacer una breve llamada, en la cual te informaron que nuestro hijo había muerto y que habían tenido que intervenirme, pero ni siquiera fuiste capaz de hablar conmigo, o tan siquiera con mi madre. Gracias a ti, una parte de mí murió aquel día junto al hijo que no me permitiste conocer.

Luego de los tres días de hospitalización, regresé a la casa de mis pesadillas. Sin fuerzas ni ánimos.

Dejé de alimentarme, ya no cuidaba ni de mí ni de la casa, total: ¿qué sentido tenía?; ya nada me preocupaba. Cada mañana era el comienzo de un día gris, por lo que me limitaba a sentarme frente a la ventana de la cocina y observaba a los pájaros revolotear felices, ajenos a mi desgracia, mientras que con sus alegres cantos intentaban alegrar las mañanas. ¡Cómo los envidiaba!

En ningún momento te importó cómo me sentía. Y he de reconocer que aquello no me sorprendió. Sin embargo, lo que sí lo hizo fue que tus exigencias desaparecieran, tal y como habían aparecido, de la noche a la mañana; por lo que llegué a preguntarme si todo lo sucedido no era más que producto de tus celos hacia el niño, si por eso habías actuado de aquella manera…

Pero no, estoy segura de que ese nunca fue el verdadero motivo.

No obstante, pese a que tus exigencias habían disminuido casi por completo, los gritos y las palizas seguían a la orden del día. Parecía ser tu pasatiempo favorito.

Te dedicabas a gritarme y golpearme, sin sentido alguno, para luego irte dando un portazo y regresar a altas horas de la madrugada, ebrio y bajo los efectos de las drogas, para continuar con la misma secuencia: gritos, golpes, portazo; gritos, golpes, portazos..., mientras te empleabas a fondo en echarme la culpa, una vez tras otra, de que yo había dejado morir a Michael, ese pequeño angelito que jamás te importó. Sin embargo, sé muy bien que lo único que buscabas con eso último era una excusa para descargar sobre mí una ira que yo no merecía.

No, Albert, no me lo merecía.

Deseaba escapar y me maldecía constantemente por permanecer allí. Si hubiese tenido la posibilidad, no hubiese vuelto del hospital. Sin embargo, aunque mi madre me había pedido que me fuera con ella a su casa, sabía que mis padres no estaban pasando por un buen momento económico, por lo que decidí no ser una carga más para ellos. No tenía las fuerzas suficientes para trabajar, por eso, como una idiota, regresé contigo; como una mosca que sabe que si se acerca a la telaraña quedará atrapada y morirá, pero que aun así se dirige hacia ella.

No tardó en consumirme la depresión, hasta el punto de querer e intentar suicidarme. Si no hubiese sido por ti que llegaste en aquel momento en el que me disponía a poner fin a mi angustiante vida, ahora estaría junto a mi hijo… Pero parecías empeñado en impedirme hasta la muerte.

Mil veces me pregunté cómo hubiese sido Michael, si hubiese llegado a vivir, si hubiese logrado crecer; pero, seguido de ese pensamiento, venía la idea de que, por una vez en la vida, habías hecho algo bien y le habías hecho un favor a ese pequeño. Fuiste capaz de ahorrarle la angustia de tener un padre alcohólico, drogadicto y maltratador. Le ahorraste crecer en un hogar carente de amor.

No obstante, y aun pensando en ello, soy incapaz de perdonarte.

¡Jamás lo haré!

¡Es imposible!

La mañana de *tu* último día, desperté como tantas otras: decaída y sin fuerzas; aunque, a diferencia de las anteriores, en esta tenía un impulso, algo que me permitía continuar. Ese impulso estaba dado por una idea que, en el transcurso de las últimas semanas, se había ido gestando en mi cabeza, permitiéndome soñar con la libertad.

Me acerqué al fuego donde, después de tanto tiempo, se encontraba un guiso para ti. Quería sorprenderte con uno de tus platos favoritos, porque era consciente que de esa forma no te podrías resistir.

En el momento en el que apagué la estufa, oí como abrías la puerta.

Cuando apareciste en la cocina, te noté extraño… Se te veía alegre, con una sonrisa de oreja a oreja, como la que, en algún momento, me había enamorado.

—¿Has hecho estofado de pollo? —preguntaste mirándome con los ojos como platos.

—Así es. Y como a ti te gusta —respondí con una sonrisa—. Ve a lavarte las manos. Ya casi está listo.

No entendía por qué estabas tan feliz, pero era lo que menos me importaba. Al contrario, aquel estado me beneficiaba; era perfecto para lograr mi propósito. Te necesitaba dócil y tú, solito, te serviste en bandeja. Sentía como si los astros se hubiesen acomodado para darme la libertad que tanto ansiaba mi alma; una libertad que no había logrado hallar de ningún otro modo.

Con manos temblorosas, tomé el frasco que tenía preparando dentro del bolsillo delantero del delantal y vertí todo el contenido dentro de tu plato, donde luego serví tu comida, removiendo todo para que cada trozo de pollo quedase impregnado de aquel veneno. Nunca antes había sentido tanta emoción y adrenalina.

—¿Por qué estás tan feliz? —preguntaste con el ceño fruncido, cuando entraste nuevamente a la cocina.

—Nada, mi madre me ha dicho que mi padre ha conseguido un nuevo empleo —mentí sin titubear.

En contra de todo pronóstico, tomaste aquello como válido, asintiendo como un idiota.

Todo se estaba dando mejor de lo esperado. No cabía en mí de júbilo.

Me hubiese encantado acabar contigo de la manera más dolorosa posible, hacerte sentir en carne propia la humillación y el dolor que me hiciste vivir durante tantos años; pero no, no fui capaz. Quizás por esos meses en los que fui feliz a tu lado, quizás… No lo sé, lo que sí sé es que decidí ser benévola y acabar contigo de la manera más sencilla, de esa forma también te quitaría rápidamente de mi vida.

—Siéntate y come —dije, colocando el plato frente a ti.

—¿Tú no cenarás? —preguntaste, llevándote el primer bocado a los labios.

—Claro —respondí, girándome, cucharón en mano, con la sonrisa aún impresa en mi rostro.

Me pediste que te rellenara el plato varias veces, y así lo hice, una y otra vez, sintiéndome cada vez más angustiada al ver que no se producía ningún cambio en ti. Poco a poco iba perdiendo la esperanza de liberarme de ti. Devorabas, plato tras plato, como si no hubiese un mañana.

Cuando daba por sentado el fracaso de mi plan, tu cuerpo comenzó a reaccionar.

«¡Por fin!», pensé en un suspiro.

La cuenta hacia atrás había comenzado.

Convulsionando, llevaste una mano a tu estómago y la otra a tu garganta, cayendo de la silla como una bolsa de patatas y retorciéndote como un pez fuera del agua.

La sangre comenzó a manar de tu boca haciendo que te ahogases poco a poco en tu propio y espeso líquido vital. Tus ojos, desorbitados, se salían de sus cuencas, como en las caricaturas, y yo no podía sentirme más feliz con aquello. No diré que me gustó la experiencia de quitarte la vida, pero no puedo estar más feliz con el resultado. No miento cuando digo que lamento mucho que no hayas podido presenciar tan magnífica escena.

Entre borbotones, lograste decir tu última palabra:

—Zorra.

Y yo reí, y reí, y reí…, hasta que, acompañado de mis carcajadas, soltaste tu último aliento.

En ese momento, recuerdo que suspiré y me senté en la silla, mirándote fijamente, sin poder creer que, por fin, después de tanto tiempo, podía saborear lo deliciosa que es la libertad.

Siento mucho no haberte dado la muerte que merecías; siento mucho que tu vida haya terminado de esa manera tan sutil y misericordiosa, pero fue lo que tenía a mi alcance y no me arrepiento de ello; al fin y al cabo, el resultado es el mismo.

Aquel día, tu último día, decidí vivir.

Aquel día, tu último día, decidí renacer de las cenizas.

Concluyo esta historia, desde un recóndito lugar del planeta, entre montañas, vides e historia, visitando lugares maravillosos como siempre quise hacer.

Sí, cambié de identidad, cambié de país…, ¡cambié de vida!

Nadie sabe quién fui ni quien soy y quizás nunca lo sepa nadie, aun así, hay algo que sí verán todos:

A una mujer de pie.

¡A una mujer libre!

CEGUERA

«Quienes aman,
abren el ojo que ve lo invisible,
los demás mueren ciegos y
sordos».
Rumi.

CEGUERA

—¡**M**arcoooos! —gritó, mientras se preguntaba dónde se había metido ese pequeño diablillo que tenía por hermano.

Aquel día, como ya era costumbre, su madre los había dejado solos una vez más para encerrarse con su cuñado en la habitación matrimonial. Llevaba más de una hora allí dentro y Francisco, poco a poco, comenzaba a sentirse más nervioso; no veía la hora de que su madre se hiciera cargo de Marcos de una buena vez. No era que su hermano le molestara, pero era más que consciente de que aquel no era su deber; no tenía por qué cuidar de un niño de tres años.

Con tan solo diez años, Francisco era más que consciente de que lo que su madre hacía en aquel dormitorio no era simplemente hablar con su tío, sino ¿por qué se encerraría, cuando tenía toda la casa a su disposición y a ellos podía enviarlos a la habitación a ver la televisión?

Tenía que reconocer que le hastiaba el comportamiento de su progenitora. No entendía qué le sucedía y por qué se desligaba de ellos. Sin embargo, sabía que lo mejor era guardar silencio, aun cuando sabía que tenía toda la razón del mundo. No tenía sentido que se quejara, cuando era ignorado una y otra vez por quien le había dado la vida.

—¡Marcooooos! —gritó por enésima vez—. ¡Maaaamáááá! —exclamó, a continuación, cada vez más desesperado.

No podía comprender cómo era posible que su madre se desentendiera de ellos de aquella manera.

La primera vez que se percató del comportamiento de su progenitora y de su tía, en su mente de cinco años, pensó que el hombre le estaba haciendo daño su madre. Sin embargo, cuando se atrevió a adentrarse en la habitación, comprobó que los gemidos y los gritos de su madre distaban de ser producto del dolor; a sus inocentes ojos, su madre disfrutaba de aquel trato.

Al día siguiente de tomar consciencia de lo que sucedía entre las cuatro paredes de la habitación de sus padres, se animó a preguntarle qué era lo que ella y su tío hacían allí, encerrados, a lo cual la mujer respondió con constantes evasivas.

—Pero, mamá… —dijo con cara de pena.

—¡De peros nada!, ¿entendido? —lo cortó ella, mientras los señalaba con su huesudo dedo índice—. No debes meter las narices en los asuntos de los mayores. Deberías saber que tienes terminantemente prohibido entrar en mi cuarto y hacer preguntas, cuyas respuestas eres incapaz de comprender. ¿Ha quedado claro?

—Pero… —intentó objetar, con voz titubeante.

El rostro de su madre delataba que se encontraba a punto de estallar y auguraba una reprimenda de la cual era consciente de que se arrepentiría; aun así, decidió terminar lo que había comenzado.

—Eso que tú haces con el tío Juan, es lo mismo que hacías con papá, ¿no? Fue así como *aparecí* yo —dijo con inocencia.

De inmediato, vio como la vena del cuello de su madre comenzaba a hincharse cada vez más, aparentemente, a punto de estallar.

—¿Qué sabes tú de eso? —le increpó, alzando la voz y logrando que se le helase la sangre.

Sabía que no debería tenerle miedo a su madre, pero le resultaba imposible. Aun así, estaba hasta las narices de que siempre lo tratase como un animal sin la más mínima gota de comprensión, cuando, técnicamente, lo había obligado a madurar por la fuerza.

Quizás su madre tenía razón y no contaba con la edad apropiada para poseer aquellos conocimientos. Sin embargo, las horas que pasaba sin la supervisión de un adulto no le quedaba más remedio que entretenerse como bien podía, en especial, con los libros que su padre —médico ginecólogo— guardaba en su despacho, empapándose así de imágenes demasiado explícitas para sus cortos cinco años. En verdad, sabía más de lo que ella deseaba reconocer y, a pesar de que fuera tan pequeño, necesitaba saber, quería comprender por qué motivo, por las noches, su padre dormía en el salón, mientras que su propia cama no le era negada al hermano de este.

—Pues es lo mismo que aparece en las películas o en los dibujos de los libros y revistas del despacho de papá. Soy pequeño, no estúpido —dijo, alzando la barbilla con dignidad, como si fuera un adulto—. ¿Acaso quieres tener un bebé con el tío? —inquirió, a continuación, con la poca inocencia que aún le restaba.

Los libros le habían permitido saber más de lo debido y podría haberse limitado a quedarse con ese conocimiento, no obstante, necesitaba que su madre le confirmase lo que él ya sabía. No le parecía mal tener un hermanito, por el contrario, quería uno, pero no creía que fuese correcto que el padre de este fuese su tío. No era así como debían ser las familias, ¿no? Al menos, no las consideradas *normales*.

—¿Cuántas veces tendré que repetirte, que dejes de meterte en donde no debes? —inquirió su madre, con los ojos desorbitados y con el rostro cada vez más enrojecido por la rabia—. No lo puedes entender, jamás podrás entenderlo. ¡Eres tan, o más estúpido que tu padre! —escupió, en el mismo momento en el que una bofetada cruzó el rostro del pequeño—. Ahora, quiero que te marches a tu cuarto y que no te muevas de allí. Juan… —Se detuvo en seco y carraspeó, intentando recomponerse—. Tu tío —se corrigió— está por llegar y necesito darle un par de cosas. ¡Ni se te ocurra desobedecerme!, ¿entendido? No salgas de tu cuarto hasta que yo te lo ordene, si no quieres que te castigue de aquí hasta Navidad.

Y allí estaba, una vez más, la bendita amenaza del castigo. Si bien Francisco sabía que, la gran mayoría de las veces, estas quedaban en eso, en simples amenazas, también era consciente de que cuando estas se cumplían eran una experiencia que no le agradaba en lo más mínimo.

Su pequeña cabeza daba vueltas y vueltas, sin lograr comprender como era posible que su madre continuara con aquella farsa, aun siendo consciente de que él estaba al tanto de lo que sucedía. Quizás, lo consideraba tan inútil como decía y no lo creía capaz de hacer nada con aquella información; o, tal vez, pensaba que, por mucho que le fuera con el cuento a su padre, este no le creería.

Durante un par de segundos más, observó fijamente los castaños ojos de su madre, que tanto se parecían a los suyos, y que contrastaban con su largo cabello rubio. En la mirada de su madre vislumbró que aquella vez iba más en serio que nunca, por lo que supo que más le convenía poner pies en polvorosa y marcharse a su cuarto de una vez por todas.

Aquella fue la última vez que le habló a su madre de aquel tema, pero no por ello lo había olvidado. Simplemente, se había limitado a ignorarlo, con todas sus fuerzas, ya que, la vez que había intentado expresarle la situación a su padre, este, tal y como se había temido, no le había creído ni la más mínima palabra.

Dos años más tarde de aquella conversación, Marcos llegaba al mundo. Su padre saltaba de contento, feliz en su ignorancia, por la llegada del nuevo heredero. Sin embargo, en aquella sala de hospital había tres personas que conocían la verdad: Victoria, Juan y quien en el presente buscaba a su hermano pequeño con desesperación: Francisco.

—¡Maaaamáááá! —gritó una vez más, aun a sabiendas de que era inútil desgañitarse la garganta llamándola—. ¡Marcoooos! ¿Dónde diablos estás?

Sin saber qué más hacer, revisó una vez más la habitación que compartía con su hermano, el cuarto de baño, el salón, la buhardilla…, en definitiva, revisó cada una de las estancias, a excepción del dormitorio de sus padres, pero no podía dar con Marcos.

Cuando ya no sabía qué más hacer, donde más buscar, una pequeña luz se encendió en su joven y despierto cerebro.

No lo pensó ni un minuto más y en un abrir y cerrar de ojos atravesaba la puerta trasera de la vivienda, rumbo al patio, en cuyo centro se ubicaba una diminuta pero profunda piscina.

Lo primero que registraron sus ojos fueron los zapatos de su hermano, los cuales sobresalían por el borde de la alberca. Por un momento, se preguntó cómo diablos los había colocado allí, hasta que todas las alarmas se encendieron en su interior, al comprender qué era lo que realmente había sucedido: ¡su hermano había caído dentro! Los zapatos permanecían en los pies del niño y, aún, se movían de manera casi imperceptible.

—¡Marcos!

La piscina, a pesar de no ser demasiado grande, contaba con la profundidad suficiente para que un niño del tamaño de su hermano se ahogara en cuestión de un par de minutos.

Desesperado, corrió hasta el sitio en el que se encontraba el pequeño y comprobó que el pantalón de Marcos se había atascado en uno de los clavos que su padre jamás recordaba quitar.

Su mente daba vueltas en círculos, mientras un sudor frío recorría su cuerpo, producto de la desesperación. Por mucho que intentara sacar a su hermano de allí, le era imposible. Pese a ser el doble de alto que Marcos y tener la fuerza necesaria para auparlo, el pánico le hacía imposible maniobrar con soltura, logrando que sus intentos resultasen inútiles. El miedo de no lograrlo lo envolvía por completo y menguaba sus fuerzas.

¡Tenía que salvarlo!

Lágrimas de impotencia recorrían su rostro. Con el pasar de los segundos, segundos que a él le resultaban eternos, la vida de su hermano iba escapando poco a poco de su diminuto cuerpo. Aquellos movimientos, que en un principio le habían dado un hálito de esperanza, se atenuaban con el avanzar de las manecillas del reloj.

Cuando por fin logró liberar a Marcos y alzarlo, sacándolo del interior de la piscina, no tenía ni la más remota idea de cuánto tiempo había transcurrido desde que lo había encontrado allí; sin embargo, eso era lo último que le importaba.

Sin perder ni un segundo, recostó a su hermano sobre el césped y acercó su rostro a su nariz, percatándose de que no respiraba. De inmediato, las imágenes de reanimación, que había visto en las películas y en algunos de los libros de su padre, acudieron a su mente, a una velocidad de vértigo.

No estaba seguro de poder llevar a cabo aquello, pero tenía que intentarlo, por lo que, entrelazando los dedos, colocó ambas manos sobre el pecho de su hermano y comenzó a oprimir con suavidad.

—¿Cómo se hace esto? —se preguntó, repitiendo la maniobra, sin obtener resultado—. ¡Maldición! Marcos, no te mueras.

Repitió el proceso de reanimación cardiopulmonar, una y otra vez, hasta que supo que, por mucho que lo intentara, era completamente inútil: su hermano continuaba sin reaccionar.

—¡Maaaamáááá! —gritó, con la esperanza de que al fin su madre oyera sus gritos—. ¡Maaaamáááá, Marcos se está muriendo! —Las palabras se le atoraban en la garganta y herían sus cuerdas vocales, como si millones de diminutos fragmentos de cristal se le hubiesen clavado allí—. ¡Maaaamáááá! —repitió, quedándose sin fuerzas.

Angustiado, acercó su rostro, una vez más, a la nariz de su hermano, comprobando que, en efecto, no había ni el más mínimo rastro de respiración. Con manos temblorosas, tomó la pequeña muñeca de Marcos e intentó sentir su pulso, pero allí tampoco halló nada.

—¡No! —murmuró con desesperación—. No, Marcos, no te puedes morir. ¡No debes morir! —gritó, rindiéndose.

La vida de su hermano, lamentablemente, había llegado a su fin. Ya no existía nada que pudiera hacer por él, por mucho que aquello le doliera en el alma.

Durante un par de minutos, continuó de rodillas junto al cuerpito inerte, completamente abatido y sin fuerzas siquiera para moverse, hasta que su madre apareció en el patio, corriendo como una desquiciada.

—¡¿Qué ha sucedido?! —preguntó a voz de grito, mirando alternativamente a cada uno de sus hijos, en tanto procuraba cubrir su desnudez con el salto de cama que su marido le había obsequiado por su último aniversario—. ¿Qué le sucede a tu hermano? —inquirió, al llegar junto a ellos, mientras lo observaba con desconfianza, como si lo estuviera juzgando.

Automáticamente, se dejó caer de rodillas junto al cuerpo de su hijo menor y posó una mano sobre el pequeño, comprobando que ya no quedaban rastros de aquella inocente vida.

—¡¿Qué le has hecho?! —gritó—. Dime qué demonios le has hecho, engendro del demonio —escupió con rabia—. ¡Es que tenía razón! Jamás deberías haber nacido. ¡Dime de una buena vez qué es lo que le has hecho!

—Está muerto. —Las palabras salieron de su boca sin pensarlo, carentes de emoción, constatando un hecho—. Se ahogó —agregó, mientras las lágrimas recorrían sus mejillas.

Se sentía adormecido, como si no fuera él. Los insultos que su madre le dedicaba no hacían más que rebotar en cerebro aletargado. Ya nada le importaba; la diminuta llama de inocencia, que había logrado resguardar en su interior hasta ese momento, había muerto junto a Marcos.

Siempre había sido consciente de que su madre no lo quería, de que jamás había sido deseado; sin embargo, había aprendido a convivir con ello. No había tardado en comprender que el matrimonio de sus padres jamás había tenido otro fin que lo económico. Lo único que le importaba a su madre era el dinero; a quien realmente amaba era a su tío.

Contrario a él, su hermano sí que había sido deseado, aunque, tristemente, aquello no significara que el niño hubiera tenido la atención necesaria por parte de su madre.

—¡Lo mataste! ¡Tenerte ha sido la peor decisión que he tomado en la vida! —exclamó Victoria, tomando a Marcos entre sus brazos. Abrazada al pequeño, comenzó a balancearse de atrás hacia adelante—. ¡Jamás deberías haber nacido! ¡Jamás! Si no hubiese sido por tu padre… —Suspiró y sorbió por la nariz—. Sabía que eras una desgracia. ¡Debería haberte abortado! ¡Tú eres quien debería estar muerto, no mi pequeño!

Francisco, sin lograr sentir nada más que un enorme vacío, como si una nube negra se hubiese apoderado de su alma, de todo su ser, posó sus ojos sobre la mujer que le había dado la vida y, con lentitud, dijo:

—No te preocupes, tarde o temprano, todos moriremos, ¿mamá…?

EL ÚLTIMO ADIÓS

EL ÚLTIMO ADIÓS

Querido Octavio:

Lamento muchísimo lo que, probablemente, has de sentir en este momento al leerme, si es que esta carta ha llegado a tus manos. Sin embargo, a pesar de que me duele en el alma escribirte por el motivo que lo hago, tengo la esperanza de que, gracias a estas palabras, puedas entender por qué he tomado la decisión más terminante de mi vida. Desconozco qué es lo que pasará después, lo único que tengo por seguro es que esto es lo que necesito y lo haré. No obstante, antes de llevar a cabo ninguna acción, deseo que sepas qué es lo que pasa por mi mente en este momento.

Debo confesar que, mientras el bolígrafo recorre el papel, unas lágrimas traicioneras, unas lágrimas que no creí derramar, recorren mis mejillas hasta caer sobre el papel, emborronando, sin piedad, la tinta con la que intento explicar el porqué de mis actos; como si se empeñaran en volver ilegibles las palabras con las que busco expresar mi verdad.

Reconozco que una parte de mí no desea marcharse, pero esta es la única manera que he hallado para poner fin, de una vez por todas, a la tristeza que me embarga. Quién era ha ido desapareciendo, paulatinamente, hasta convertirme en un cascarón vacío, que no le encuentra sentido a continuar. Estoy muerto en vida, y no hay nada peor que eso.

No importa cuántas horas haya invertido en terapia, buscando salir de este oscuro agujero; no han sido más que una pérdida de tiempo, no me han servido de nada y solo han logrado dilapidar los ahorros de mi pobre madre.

Los miles de medicamentos consumidos tan solo me han dejado una triste cirrosis, que no hace más que aumentar mi sufrimiento. Sí, así es, ahora soy un *enfermo* por partida doble. Esto es lo que ha logrado que tome, de una vez por todas, la decisión de ponerle punto final a la historia de mi vida. Sí, sé que es horrible, e incluso inconcebible para algunos, pero juro que esta será la última mala decisión que tomaré jamás.

Te amo, Octavio, te amo con todo mi ser y quiero que esas dos palabras queden grabadas a fuego en tu memoria: «Te amo». No importa dónde vaya, en el cielo, en el infierno, o en la mismísima nada, te seguiré amando.

Los recuerdos se agolpan en mi mente, haciéndome regresar a tiempos remotos. No puedo evitar recordar cuándo te conocí, nuestra primera conversación, nuestro primer beso… Minutos robados a un mundo rutinario, refugiados bajo las agujas del reloj, sin entender del tiempo. Minutos que solo tú y yo comprendíamos. ¡Extraño tanto esos días!

El que haya decidido suicidarme no me convierte en un cobarde, porque siempre lo fui. Siempre fui un tipo con miedo, incapaz de salir y de enfrentarme al mundo.

Desde muy pequeño me caractericé por ser un tipo callado, tímido, que vivía rodeado de libros y sin amigos, sin nadie que fuese capaz de comprenderme. No, no me gustaba, ni menos me interesaba, socializar, o eso era lo que creía, porque, inconscientemente, buscaba ser aceptado por la sociedad.

Pasé cada año de mi vida completamente aislado, como un ermitaño, vagando de psicólogo en psicólogo, de psiquiatra en psiquiatra, sin hallar una respuesta. Todo eso, sumado al desconcierto de mi madre y al rechazo de mi *padre*, me llevó a guarecerme en una pequeña burbuja de la que no deseaba salir.

Cuando era pequeño pensaba que estaba confundido, que estaba loco, incluso, sin embargo, conforme pasaban los años, las dudas comenzaban a torturarme cada vez más. Empecé a sentir más y más miedo y decidí no salir de casa, salvo cuando fuera estrictamente necesario. Las cuatro paredes de mi cuarto se convirtieron en mi mundo. En ese entonces, era incapaz de comprender qué era lo que me sucedía. ¿Por qué mis sentimientos eran tan diferentes a los de los demás? ¿Por qué diablos no podía ser «normal»?

Tardé demasiado tiempo en comprender qué era lo que verdad sucedía conmigo, pero, en lugar de hacerme sentir mejor, terminé sintiendo muchísimo más miedo. Por un lado, temía que mi padre se enterara de que me gustaban los hombres, sabía que me mataría, y, por el otro, me aterraba que aquella sociedad que ya me rechazaba y me juzgaba por comportarme diferente, lo hiciera aún más.

El día de mi decimoctavo cumpleaños, mi padre, al ver que jamás había llevado una novia a casa ni había mostrado nunca algún interés por alguna mujer, decidió que era hora de que su hijo se convirtiese en todo un «hombre». Por ese mismo motivo, creyó que era una buena idea llevarme, contra mi voluntad, a uno de los tantos prostíbulos que, asquerosamente, abundaban en la ciudad, un sitio que jamás comprenderé y que siempre me había producido un rechazo increíble.

Al salir de aquel antro de perdición, mi padre comenzó a golpearme como si no hubiese un mañana.

—¡Maricón de mierda! —repetía una y otra vez, mientras llenaba mi cuerpo de puñetazos y de patadas—. Eres un puto maricón de mierda.

Así es, no me había quedado más alternativa que confesar, de una buena vez, que las mujeres no me atraían ni un poco.

La muchacha, que mi padre había pagado para que me desvirgara, me había delatado, al no lograr ni la más mínima reacción en mí; y no porque no lo hubiese intentado, pobre mujer. Al salir de aquel cuartucho impregnado de un acre y dulzón aroma, que no había hecho más que producirme arcadas, la mujer, un tanto cabreada, le espetó a mi padre que tendría que pagarle el doble por haberle llevado a un «homosexual». No, no tenía pelos en la lengua.

Los siguientes años, me encerré cada vez más en mi caparazón. Sentía la imperiosa necesidad de alejarme de todo y de todos. No quería que me viesen como un «bicho raro», como un «enfermo». La burbuja literaria que había construido era lo único que me transmitía paz y que me ayudaba a dejar de pensar. Los libros y mis escritos siempre fueron mi mejor compañía; con ellos me sentía a salvo, sentía que nada podía dañarme. Mi nueva obsesión me llevó a comprar y a acumular de manera compulsiva, y mis únicas salidas eran a la biblioteca o a la librería más cercana. Sin embargo, estas escapadas al mundo cesaron cuando descubrí las compras por Internet. Aquel descubrimiento fue una bendición. Comprar de manera *online* era un paraíso para mí.

Me sumergí tanto en el mundo de las letras, en un intento de sentirme normal, que decidí comenzar la carrera de Literatura, ya que era consciente de que no podría seguir viviendo eternamente a costa de mis padres. Fue allí, en la Universidad, donde conocí a Lorena.

¡Ay, Lorena! ¡Cuánto la extraño! Ella fue mi primera amiga… Bueno, ¿qué digo primera?, fue la única. Ella fue capaz de comprenderme desde el primer momento, sin juzgarme ni una sola vez. Ella supo aceptarme tal y como yo era, con mis defectos y con mis virtudes. Por ese motivo, aunque hace años que no hablamos como antaño, no puedo dejar de sentir que la amo demasiado. Lorena siempre estuvo allí, a mi lado, en las buenas y en las malas. Ella fue la única que me acompañó durante mis primeros amoríos, quien secó mis lágrimas cuando alguien me falló… Fue quien me escuchó despotricar y llorar cuando mi padre me echó de casa… Sí, siempre estuvo allí para mí y me ayudó tanto que jamás encontré la manera de pagarle todo lo que hizo por mí.

Mi ya inestable mundo se terminó de derrumbar cuando mi querida Lorena me habló sobre su viaje a Francia. Le habían ofrecido el puesto de sus sueños y no lo podía rechazar. Ser traductora literaria era lo que siempre había deseado y, después de tanto esfuerzo, por fin trabajaría en una de las editoriales más prestigiosas de aquel país francoparlante. Me sentía sumamente feliz por ella, no obstante, no puedo negar que aquella noticia me cayó como un baldazo de agua helada. Aun así, lo que más deseaba en la vida era que ella fuese feliz y, por lo tanto, fingí mi mejor sonrisa.

Los primeros meses que ella pasó en Francia la eché demasiado de menos, a pesar de que hablábamos prácticamente a diario. Las llamadas, las videoconferencias, los mensajes de WhatsApp… reemplazaron los desayunos, los cafés de la tarde y las improvisadas charlas en la biblioteca, y, para mí, no era lo mismo; aunque esto nunca se lo hice saber.

Una noche, mientras nos poníamos al día a través de una videollamada, me confesó que se sentía increíblemente feliz; el chico más guapo y más atento de su empresa, quien se había convertido en su novio meses antes, le había propuesto matrimonio. Con una nueva sonrisa forzada y fingiendo una felicidad que estaba lejos de sentir la felicité por su pronta unión, mientras en mi interior intentaba hacerme a la idea de que jamás regresaría a nuestro país.

La boda se llevó a cabo a los pocos meses de esta noticia y, como buen amigo, dos días antes de dicha ceremonia, tomé mi primer vuelo hacia Europa.

Al verla entrar en la Iglesia, ataviada con un majestuoso vestido color marfil, caí en la cuenta de que todo había terminado para mí. Aunque me doliera reconocerlo, Lorena ya no tendría las noches para «tenerme la vela», como ella solía decir, ni para escuchar mis extensos monólogos sobre los últimos libros leídos. Sin embargo, pese a aquel regusto amargo, no podía sentirme herido, era su vida, a fin de cuentas, se la veía sumamente feliz y yo no deseaba menos para la muchacha que tanto me había acompañado en los últimos años.

Años más tarde, mientras trabajaba en un *pub gay* —no me había quedado más alternativa que salir al mundo, para poder mantenerme—, apareciste tú, con ese andar despreocupado, tus ojos: color avellana y esos labios que no paraba de observar, embelesado, mientras me hablabas de todo y de nada a la vez.

En un arrebato de sinceridad, sumado a las copas que tenías de más, me confesaste que aquella no era la primera vez que ibas por allí; aunque esto yo ya lo sabía más que bien.

—¡Eres muy lindo! —gritaste, intentando hacerte oír por sobre la estridente música—. Me gustaría invitarte a salir. ¿Cuándo tienes libre?

—El miércoles por la noche —respondí, también a voz de grito, sin detenerme a pensar en que eras un completo desconocido.

—¡Genial! Entonces nos vemos el miércoles por la noche. Si quieres, claro. Te espero en esta dirección —dijiste, mientras me entregabas una pequeña nota autoadhesiva—. Ahí también tienes mi número, puedes enviarme un WhatsApp o llamarme, lo que más te guste —agregaste, guiñándome un ojo.

Mudo, me limité a asentir. No podía articular palabra y mucho menos pronunciar una frase coherente.

¿Quién diablos eras? ¿De dónde rayos habías salido? ¿Eras de fiar? ¿Qué querías de mí? ¿Tenías alguna segunda intención que yo era incapaz de ver?

Las preguntas se agolpaban en mi mente, una tras otra, impidiéndome que esa noche conciliara el sueño. Tenía la extraña sensación de que no era yo quien controlaba mi cuerpo.

Sin saber muy bien por qué, aquel miércoles, sin mensajes ni llamadas de por medio, me presenté, puntual, en la dirección que me habías facilitado aquella noche. Sí, por supuesto, estuve a punto de llamarte y cancelar la cita, me sentía aterrado. Era imposible que aquello fuese real. Hasta pocos minutos antes de salir de casa, no sabía muy bien qué hacer. Por un lado, me carcomía la intriga: quería conocerte, saber quién eras, por qué te habías acercado a mí, pero, por el otro, esa misma intriga se transformaba en un enorme terror hacia lo desconocido. Después de pensarlo mucho, demasiado, diría yo, tuve un arrebato de valentía, por lo que, tras tomar el móvil, la cartera y las llaves, me dirigí a tu encuentro. Y puedo decir que no me arrepiento. A pesar de todo lo sucedido, aquella fue la mejor decisión que he tomado en mis treinta y cinco años de vida.

A partir de ese momento, nos amamos sin condiciones; aun cuando nuestra relación se desarrollaba a escondidas, por culpa de mis miedos a los prejuicios de la gente. Sabía que era estúpido de mi parte. Tú eras igual que yo y no andabas por el mundo ocultándote, sino todo lo contrario. Aun así, pese a que no compartíamos la misma manera de pensar, supiste aceptarme y respetar mis deseos, tanto como yo intenté hacerlo contigo. En serio, Octavio, aunque no lo creas: «lo intenté» con todas mis fuerzas.

Sin lugar a dudas, nuestra relación fue lo más bello que viví en la vida, hasta que un día, como siempre, lo estropeé todo por mis estúpidas escenas de celos. Te seguía, te controlaba… Sentía un miedo atroz de perderte, de quedarme nuevamente a la deriva, de no saber qué hacer con mi vida…

¿Y qué logré? Pues, exactamente eso.

En lugar de cuidarte, logré lo que tanto temía: ¡te perdí! Sí, por mi estupidez, mi peor pesadilla se convirtió en una realidad.

Jamás podré olvidar aquella última pelea, ni el día en que saliste de casa, con una maleta en cada mano, para no regresar jamás. Aquel día, quedé completamente destruido.

Mi vida, que había cobrado sentido gracias a ti, dejó de valer la pena, una vez más. Aunque parezca estúpido; absurdo, incluso, sin ti ya nada tenía sentido.

Como un imbécil, intenté buscarte, recuperar tu amor, pero ya lo había destruido todo y mis esfuerzos fueron en vano. Estabas dolido y yo no puedo culparte por ello. No, cuando yo había sido el causante de ese dolor.

Ahora, encerrado en mi habitación, como tantas otras veces, tras años de tristeza y soledad, de vivir a expensas de mi madre y mientras la escucho llorar porque las deudas se acumulan y el dinero no es suficiente, comprendo que «siempre» he sido una carga para todos, incluso para mí mismo.

Sé que lo que me dispongo a hacer herirá a mi madre en lo

más profundo de su ser. Ella ha sido de las pocas personas que se han atrevido a amarme. Sin embargo, sé que será capaz de salir adelante sin mí. Es una mujer sumamente fuerte. Aun así, te pido, por favor, que le expliques en detalle todo lo que he escrito en esta carta. Dile que la amo, pero que ya no tengo las fuerzas necesarias para continuar. Sí, por supuesto, podría escribirle directamente a ella, pero no tengo ni la más remota idea de por dónde comenzar. ¿Cómo le explicas a tu madre que te quieres morir?

Soy más que consciente de que mi comportamiento es el de un cobarde, pero, ¿qué más da?, siempre lo he sido. No deseo continuar con esta vida carente de sentido, aunque tampoco deseaba marcharme sin dar una explicación para que, quienes aún guarden algo de cariño hacia mí, puedan aceptarlo con mayor facilidad y para que, cuando la policía busque el porqué de mi temprana muerte, sepan quién era Claudio Fernández y por qué murió. Deseo, con todo mi corazón, que mi madre quede exenta de posibles interrogatorios que puedan hacerla sufrir aún más.

Puedo imaginarme lo que estarás pensando en este momento, pero no, no tengo agallas para salir al mundo, para mostrarme tal cual soy, ni para dejar de pensar en el qué dirán. Tal y como ya he dicho en repetidas ocasiones durante esta carta: toda mi vida he sido débil.

Lo único que quiero en este momento es que todos aquellos a quienes he amado en esta vida, en especial tú, mi madre y Lorena, sean capaces de encontrar lo que yo no pude: felicidad.

Espero que tú hayas podido encontrar un nuevo amor, alguien que de verdad te merezca y que sepa valorarte, y, si no lo has hecho aún, espero que pronto lo halles, si es eso lo que todavía deseas.

Sé feliz, Octavio. Eres un gran hombre. No te mereces menos.

Si decidí escribirte a ti, no es para hacerte sentir culpable, sino que lo hago porque, a pesar del tiempo que ha pasado y de la distancia que a día de hoy nos separa, siempre fuiste la persona en la que más he confiado, junto con Lorena.

Siempre serás mi gran y eterno amor. Me diste mucho más de lo que merecía, me hiciste creer que todo era posible, y, si he llegado hasta aquí, solo ha sido gracias a ti. Incluso, has logrado que retrase el momento por el simple hecho de escribirte estas líneas.

Tristemente, me marcharé de este mundo sin saber, sin comprender, por qué este es tan cruel.

¿Cómo es posible que las personas se autoproclamen tolerantes y, luego, cuando deben serlo, miren hacia otro lado?

¿Cómo es posible que el mundo no comprenda que el amor no tiene género?

¿Cómo es posible…?

Hoy, le cedo mi lugar a alguien que de verdad lo merezca, a alguien que sepa disfrutar de la vida, con sus negros y blancos, y sea capaz de enfrentarse a ella con valentía. No quiero ni merezco estar aquí. No puedo continuar así.

He rebuscado entre mis desgastados recuerdos y lo único que encuentro es a tres personas, tres únicas personas que me han mantenido en pie durante estos años, tres personas que me hacen ver que, a pesar de que mi vida no tenga sentido, ha valido la pena vivir para conocerlos. Mi madre, Lorena y tú son los únicos que le han dado, aunque sea mínimo, un sentido a mi vida y, por ello, allí donde esté, velaré por ustedes día y noche, mientras espero que sean capaces de perdonarme.

Por favor, perdónenme.

Por último, junto a esta carta encontrarás aquel disco que me regalaste. Hazme el favor de oírlo con mamá, al menos, si no logras dar con Lorena. Deseo que, aun muerto, pueda permanecer vivo en sus corazones.

Hasta siempre.

Con amor,

Claudio.

ÁNGEL

«A menudo el sepulcro encierra,
sin saberlo,
dos corazones en un mismo ataúd».
Alphonse de Lamartine.

ÁNGEL

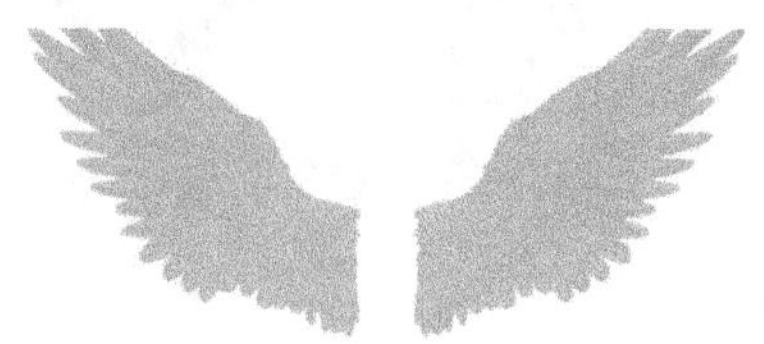

María, mi amor:

A pesar de que quizás esto no tenga sentido, algo dentro de mí clama a gritos que te escriba estas palabras, aunque vos no podás leerlas. Algo en mi interior me implora que, por favor, deje salir todo lo que siento, que me libere de una buena vez para ver si así la angustia que siento por tu partida se suaviza.

Confieso que, en un inicio, tomé el bolígrafo, reacio, reticente, incrédulo, tal vez. Sin embargo, a medida que escribo, mientras pienso en vos, mi alma se libera. No tengo idea de cómo funciona esto, pero recuerdo que vos siempre me recomendabas. «Es catártico», me decías, dedicándome una de esas sonrisas que me derretían el corazón. Reconozco, muy a mi pesar, por no haberte creído en su momento, que es verdad lo que decías: escribir es liberador.

Sin embargo, no estoy aquí para evaluar qué tan importante es escribir lo que sentimos, sino para hacerlo yo.

Verte allí, tendida, dentro de aquel ataúd, con esa belleza infinita que te acompañó hasta el día de tu muerte, fue mi peor pesadilla hecha realidad.

Juro que no sé cómo diablos hago para levantarme cada día, cómo logro enfocarme en el trabajo, cómo hago para no perder la cordura. Te juro que no sé, mi amor. Pero aquí sigo porque, aunque me cueste, sé muy bien que esto es lo que vos querrías: que siga, que no baje los brazos, que siga tu ejemplo de nunca tirar la toalla a pesar de enfrentarte al peor de los pronósticos.

En serio, mi pequeña, ver tus ojos cerrados, la placidez en tu rostro y ser consciente de que no despertarías jamás fue el peor de mis tormentos. Pero aquí sigo, sí, porque quiero continuar con lo que me enseñaste, quiero continuar esparciendo por el mundo el conocimiento, la historia, la verdad. Siempre me dijiste que ese era tu sueño, pues bien, ya que Dios no quiso que siguieras haciéndolo, lo haré yo, mi reina; yo seré quien continúe cumpliendo tus sueños. Aun cuando los días se me vuelvan eternos al no oír tu voz por las mañanas, aun cuando ya no encuentre tu mirada y tu sonrisa al llegar a casa, aun cuando las guerras de almohadas se hayan acabado, aun cuando no encuentre cobijo en la calidez de tus labios.

Pero, ¿sabés qué?, me siento tranquilo porque tengo la certeza, la seguridad, de que, allí donde estés, ya no estás sufriendo y descansas tranquila, en paz. La enfermedad y sus dolores han quedado atrás y te has marchado hacia un lugar mejor a disfrutar de la tranquilidad que tanto te mereces.

No sé si desde donde estás podés percibirlo, pero no puedo dejar de extrañarte. Extraño verte jugar y correr como si fueses una niña pequeña, extraño tus beses, tus abrazos, tus caricias, tus palabras de aliento, hasta las rabietas que te daban cuando algo no salía tal y como deseabas. Extraño todo de vos, pero, tristemente, no me queda más que contentarme con los recuerdos que dejaste grabados a fuego en mí corazón y en mi mente.

¡Te necesito tanto!

Miro a través de la ventana del cuarto que compartíamos y veo como el sol, ajeno a tu ausencia, saluda radiante en un nuevo amanecer y lo envidio. Lo envidio por tener esa capacidad de brillar ajeno a todo y a todos, mientras procura alejar la oscuridad.

Recuerdo el día en el que recibí, antes que vos, la noticia de que el maldito cáncer se estaba apoderando de tu cuerpo. Quizás lo notaste, quizás no, pero, por muy fuerte que intentara mostrarme frente a vos, sentía que todo a mi alrededor se venía abajo. Procuré tener fe, confiar en que Dios te daría otra oportunidad, sin embargo, debo reconocer que me resultó casi imposible. Siempre admiré la fortaleza con la que supiste afrontarlo todo. El cáncer se había convertido en tu más acérrimo enemigo, pero vos, a pesar de su crueldad, no te dejaste avasallar por ese canalla que no cesaba en sus intentos de llevarte a la muerte, mucho antes de lo que te correspondía. No sé cómo lo hiciste, pero te aferraste cuanto fue posible a la vida, peleaste como una leona, como la mujer fuerte que siempre fuiste y de la que me enamoré.

Suspiro. No puedo creer que hoy, justo hoy, mi amor, se cumplen diez años del día en el que te conocí. Jamás olvidaré ese momento.

No, por supuesto que jamás olvidaré esa perfecta y dichosa mañana en la que mis ojos tuvieron el placer de observarte por primera vez. Con andares desenvueltos, te encargabas de los turistas de una de las zonas más reconocidas de Chile, en donde yo, en ese momento, vacacionaba con mis amigos. En ese momento, yo me encontraba en la playa, y te observaba a lo lejos. Te había visto el día anterior, andando por aquella misma playa en donde en ese momento yo tomaba el sol, mientras repartías panfletos turísticos y yo me quedé completamente prendado de vos. No sé, nunca supe, cómo hiciste para obnubilarme de esa manera; pero la verdad es que lo hiciste y yo, curiosamente, no podía dejar de pensar en vos, a pesar de que apenas te había visto.

No recuerdo si alguna vez te lo dije, quizás fueron demasiadas y por eso no tengo registro, pero me pareciste bellísima. Tus ojos color café, tu cabello negro como la noche y tu sonrisa, sobre todo, tu hermosa sonrisa, me dejaron embobado, o *encamotado*, como a mí siempre me gustó decir.

Guardé el folleto con mimo, como si fuera el mayor de los tesoros —de hecho, aún lo conservo—, y me decidí a tomar el recorrido turístico que hacías, a pesar de que había sido un viaje exprés y no tenía más que lo justo para pasar los siguientes quince días en la zona. Recuerdo que, con torpeza, te comenté mi situación y vos, con una sonrisa, me dijiste que no me preocupara, que podías acompañarme en el recorrido fuera de tu horario de trabajo.

Ese fue el bendito momento, el preciso y precioso momento en el que comenzamos a escribir nuestra propia historia.

Recuerdo que agoté hasta el último minuto de mi estancia en Chile, para pasarlo con vos. Mis amigos se burlaron de mí, se rieron, me dijeron que era un idiota, pero nada de todo eso me importó. Había conocido al amor de mi vida, ¿qué diablos querían que hiciera? Lo único que deseaba era que esas dos semanas se quedaran grabadas en tu memoria, tanto que, cuando regresase a buscarte, no dudases en volver a mí. Y así fue. Tras quince intensos días, llenos de pasión, de amor, de lujuria, de historia…, regresé a Argentina, precisamente a mi provincia, mi querida Mendoza. Continué estudiando, mientras continuaba en contacto con vos a través de mensajes de texto y alguna que otra llamada telefónica, y, cuando logré graduarme, conseguí el trabajo gracias al que pude ahorrar y costearme el viaje de ida y los pasajes de regreso para los dos. Durante esos últimos dos años, habíamos hablado tanto de vivir juntos, que no fue difícil que tomaras la decisión. Si mis recuerdos no están empañados por la nostalgia, recuerdo que, en un primer momento, quise mudarme yo, aun a sabiendas de que mis estudios eran completamente inútiles allí. Fuiste vos la que me convenció de que podías venirte a Argentina conmigo. No solo eras historia sino que también eras guía turística, lo cual te permitía trabajar en una amplia variedad de puestos, que no necesariamente requerían que conocieras al cien por ciento la ciudad. Y yo accedí, consciente de que era la mejor opción. Aunque, si soy sincero, lo único que me importaba en ese momento era que estuviéramos juntos y fuéramos felices.

Años más tarde, un día cualquiera, mientras tomábamos una copa de vino frente al fuego, te pregunté qué era lo que habías visto en mí.

—Al amor de mi vida —me respondiste, con una sonrisa que me calentó el corazón.

—¿Segura? —pregunté, entre risas.

—Sí. No sé cómo ni qué fue, solo sé que me enamoré de ti —me dijiste con ese acento que yo tanto amaba y que, a pesar de los años que llevabas en el país, no habías perdido—. No tengo algo que prefiera por el resto. Tú eres bello al completo, por dentro y por fuera —agregaste, mientras te acomodabas en mi regazo, antes de abrazarme con fuerza.

Los años se sucedieron, uno tras otra, de manera vertiginosa, a la misma velocidad que nuestro amor crecía hasta convertirse en algo sublime, incluso, envidiable. Puedo aventurarme y decir que éramos los seres más felices del planeta, hasta aquel maldito día en el que Dios, el mismo que había cruzado nuestros caminos, decidió que debías volver junto a él. La felicidad que tanto había anhelado y que había disfrutado durante aquellos quince años de relación, se vio enturbiada por culpa del maldito cáncer que consideró que tu cuerpo era un buen sitio en el que anidar. En ese momento, todos los sueños y los planes que teníamos a futuro reventaron como pompas de jabón, siendo reemplazados por días y días de tratamientos.

Hace un año, tres años después de aquella devastadora noticia, abandonaste a este plano, tu cuerpo decidió que ya no podía más y me dejaste, aunque sé muy bien que vos sos quien menos culpa tiene. Sin embargo, no puedo evitar recordar el dolor que sentí aquel día en el que, al despertar, vi tu cuerpo inerte, sin vida… No, soy incapaz de describirlo. Un nudo se atora en mi garganta de solo pensarlo y la mano me tiembla y vuelve ilegibles mis trazos.

Ay, María, mi reina, mi cielo, mi amor, mi niña…, ¡te extraño tanto!

Siento que, a pesar de todo el amor que te profesé durante esos años, no logré demostrarte todo lo que significabas para mí; no solo eras el amor de mi vida, sino que siempre fuiste ese impulso para continuar. Te fuiste y, a pesar de los años y de continuar, me siento perdido, al borde del abismo.

Ahora, lo único que me queda por hacer es continuar con tus sueños, hacerlos realidad, mientras espero que llegue el día de mi muerte, para reencontrarme contigo. Sin embargo, anhelo poder encontrarte de nuevo, aunque sea en otro cuerpo, con otro nombre, con otro acento… ¿Quién sabe?, quizás, no te has ido, solo has decidido cambiar de cuerpo. Sé que esto puede parecer divagues de un loco, pero, no lo sé, necesito aferrarme a todo lo que pueda para seguir en pie.

Ansío, con todas mis fuerzas que la frase que pronunció el padre en la Iglesia, el día en que contrajimos matrimonio, sean falsas. ¿Hasta que la muerte nos separe? ¿Por qué no mejor, hasta que la vida nos vuelva a encontrar? Aquí te estaré esperando, mi amor. Siempre, esperando por vos. Puede que la muerte llegue primero, tal vez, pero jamás dejaré de esperar ese reencuentro.

Te amo infinitamente.

Tuyo por siempre,

Donato.

SANGRE EN NAVIDAD

«El verdadero odio es el desinterés,
y el asesinato perfecto es el olvido».
Georges Bernanos

SANGRE EN NAVIDAD

Escribo esta historia desde prisión. Sí, así como leen, soy un preso, como tantos otros en el mundo; aunque estoy seguro de que jamás han conocido a alguien como yo; a alguien feliz de estar encerrado tras las rejas.

Sí, así es, soy muy feliz estando aquí. Aunque, no les mentiré, no me siento feliz por estar encerrado, de más está decir que anhelo la libertad. No, la razón de mi felicidad dista mucho de ser esa. Lo que me brinda la paz que siento en el pecho es el motivo que me ha traído hasta aquí.

Pues no, no me arrepiento ni en lo más mínimo de los actos que cometí y que me han puesto tras las rejas. Eso, sin lugar a dudas, jamás me quitará el sueño. Aunque no, tampoco es que me siento orgulloso, si es lo que se estaban preguntando. Lo que hice no es el mejor ejemplo que le podría haber dado a mi hija, pero, a pesar de ello, sé que ella será capaz de comprenderme o, al menos, de respetar mi decisión.

En innumerables ocasiones me he encontrado preguntándome si lo volvería a hacer y siempre me respondo, cada vez con mayor convicción, que sí, que lo volvería hacer sin dudarlo. ¡No, esperen! No soy un maldito psicópata, si es eso lo que piensan. No, por supuesto que no, a pesar de que haya sentido cierta satisfacción a la hora de cometer mis actos. Solo soy un hombre que, harto del trato que recibía por pate de su familia —padres y hermanos— decidió acabar con sus vidas.

Muchos creen que soy un demente, un desequilibrado mental, un enfermo… ¡Yo qué sé! Pónganle el nombre que quieran. Sin embargo, yo sé muy bien que no es así, que no es como todos creen y afirman y es por ese mismo motivo que no me encuentro en un psiquiátrico cumpliendo mi condena.

Fui y soy plenamente consciente de todo lo que hice, puedo diferenciar a la perfección entre el bien y el mal, y sé muy bien que, si no quería encontrarme en esta situación, tendría que haberme contenido. Aun así, por las noches, duermo como un recién nacido.

Fueron demasiados años de desear verlos muertos, inertes, incapaces de insultarme… y, por fin, después de tanto tiempo, pude volver realidad esa pequeña fantasía.

No escribo esto con la esperanza de que me perdonen ni que una entidad divina me absuelva de mis pecados. No, por supuesto que no. Lo único que busco con esto es contar mi historia y que el mundo sepa quién soy y por qué acabé cometiendo un cuádruple homicidio del que me siento orgulloso y que tanto bienestar y tranquilidad me ha proporcionado. Lo que busco es que sepan por qué aquella Navidad se tiñó de rojo.

Pues bien, para que puedan comprender mejor esta historia, comenzaré por el principio. Sí, empezaré esta historia por mis cuatro años de edad, que es lo primero que recuerdo; aunque estoy seguro de que los agravios sufridos por parte de mis progenitores se remontan a mi nacimiento.

Cuando tenía cuatro años, era un pequeño común y corriente, con sueños y esperanzas, como cualquier otro niño de esa edad. Era un niño alegre, sonriente, lleno de energía, que siempre buscaba contentar a sus padres y hacerlos felices. Lo único que buscaba de ellos era cariño.

Los días pasaron y con ellos llegó mi primer día de colegio. Con la ilusión propia de la infancia, tomé mi pequeña mochila y me encaminé hacia aquel edificio que, en ese momento no sabía, se convertiría en mi nuevo infierno. ¡Qué iluso que se es de niño! No tenía ni la más mínima idea de que allí me esperaría lo mismo que en casa: un calvario.

Jamás me caractericé por tener un porte atlético, más bien todo lo contrario. Mi contextura física siempre ha sido gruesa y bastante rolliza. Mi cara se asemejaba una pelota de fútbol de color escarlata, mientras que mis ojos no eran más que un par de rendijas. Para terminar de completar aquella imagen llevaba unas gafas de pasta con una graduación increíblemente alta para mis cortos cuatro años.

Aquellos «pequeños» detalles lograron convertirme en el bufón de la clase, logrando que me encerrara en mi burbuja cada vez más y convirtiéndome en la antítesis de lo que había sido hasta ese momento. El niño alegre, carismático, divertido y repleto de vida quedó atrás, dando paso a uno mucho más tímido, retraído y temeroso de estar en sociedad.

Sin embargo, no todo fue malo, ya que creo que eso fue lo que me llevó a convertirme en un hombre de éxito.

A lo largo de mi vida, siempre he estado rodeado de personas que me han hecho la vida imposible, de una u otra manera; personas que me herían o que buscaban hacerlo mucho más que físicamente; personas que se burlaban de mis defectos físicos, sin animarse a ver más allá.

No obstante, las peores personas se encontraban en el seno de mi familia. Nunca me sentí del todo cómodo ni en la escuela ni en mi propia casa, con mis padres y mis hermanos. No, nunca tuve un sitio al que pudiera llamar «hogar». No, al menos, hasta el día en el que conocí a la mujer que amo, a mi esposa.

Mis padres jamás fueron capaces de demostrarme ni el más mínimo cariño. En lugar de ayudarme y de velar por mi bienestar, como se suponía que debían hacer cuando era un crío, se regodeaban en mis desgracias y se reían de todo lo que les contaba. Eso, solo si me oían.

Para ellos, no me cabe duda, siempre fui una carga, un pedazo de basura que no hacía más que alterar el orden de sus vidas, aunque, según ellos, lo único que hacía era comer. Y básicamente así era. Con el tiempo, comencé a relacionarme con ellos únicamente a la hora de la cena; el resto del día me lo pasaba en el colegio o en mi cuarto, rodeado de libros. ¿Y ustedes creen que eso les preocupó en algún momento?

—Eres un inútil.

—Gordo, deja de comer.

—¿Por qué eres tan estúpido e inservible?

—No sabes hacer nada.

—Vives encerrado en tu cuarto, como una ballena encallada.

Lo anterior es solo una pequeña demostración de las tantas frases que oía a diario de boca de quienes supuestamente debía cuidar de mí. Esto era lo único que recibía de su parte cuando buscaba cobijo, deseaba desahogarme o necesitaba una palabra de aliento o un simple abrazo. El trato al que me vi sometido, desde tan pequeña edad, no mejoró y el dolor fue acumulándose en mi interior, hasta aquel día en el que decidí poner punto final a todo aquello, acabando con sus vidas; hasta ese día en el que me convertí en el asesino más feliz que jamás conocerán.

Los años se sucedieron uno tras otro a una velocidad vertiginosa; tanto así que, cuando quise darme cuenta, ya no era un tímido niño ni un simple adolescente con el rostro lleno de acné, sino que ya era todo un «hombre».

Cuando finalicé mis estudios secundarios, decidí inscribirme en una de las más prestigiosas Universidades del país, a la cual ingresé con una beca, gracias a mis excelentes calificaciones. En ese momento, me sentía enfermo de felicidad. Había ingresado con todos los honores y había obtenido un cupo en una de las carreras más complejas y codiciadas. Era, por fin, un estudiante de Ingeniería Genética.

En el momento en el que me dieron la noticia de que había ingresado sin ningún problema y que estaba becado durante toda la carrera, corrí de inmediato a contárselo a mis padres. Sí, aún albergaba la esperanza de que, por una vez en la vida, se alegraran por mis logros. ¡Ja, qué iluso! No recibí más que su silencio, como si no les hubiese dicho nada, como si yo no estuviera allí. No sé por qué, pero en esa época, aún tenía fe de que ellos pudieran quererme, de que pudieran valorarme, de que pudieran sentirse orgullosos de su hijo menor.

Intentando ignorar la mala onda de mis padres, cursé la carrera sin ningún traspié y, como ya era costumbre, me gradué con uno de los mejores promedios, lo que me permitió trabajar de inmediato en un renombrado laboratorio genético. Con esta última noticia en mano, corrí, una vez más, a buscar la aceptación de quienes me habían dado la vida, encontrándome con la misma pared de siempre. No obstante, procuré no desanimarme y me doctoré, pensando en que, quizás, con ello podría obtener su atención. Pero ¿saben lo que sucedió? ¿Se lo imaginan? Exactamente. No pasó nada. O, bueno, sí, me ignoraron olímpicamente una vez más.

Mientras cursaba el doctorado, conocí a la mujer de mis sueños. Una imponente y aún más inteligente mujer que me enamoró hasta los huesos y que, contra todo pronóstico, también se enamoró de mí.

Cuatro años de noviazgo más tarde, decidimos en conjunto que ya era el momento de dar el siguiente paso, por lo que nos fuimos a vivir juntos a un modesto pero sumamente cómodo departamento a las afueras de la ciudad.

No puedo explicarles cuánto amo a Caroline, ella siempre ha estado para mí en todo momento, sin importar qué hiciera o qué dejase de hacer.

Sin necesidad de papeles ni de trámites que nos unan en matrimonio, sé que ella estará allí para mí, al igual que yo para ella, hasta que la muerte nos separe. Ella ha sido uno de mis pilares fundamentales durante los últimos años de mi vida, ella fue quien me ha dado las fuerzas que necesito para sobrellevar tantos años de encierro. Sí, ella y mi preciosa niña han sido siempre las personas más importantes de mi existencia y la única razón por la que he decidido continuar y cumplir con mi condena.

Durante mi tiempo libre, mientras trabajaba como encargado de laboratorio, decidí escribir un *ecothriller*, el cual, durante la primera semana de venta, se convirtió en *bestseller*, algo me sorprendió demasiado y me llenó de orgullo. Gracias a él, gané dos premios literarios: uno a la mejor novela ecológica y otro al mejor thriller del año. Eso, sumado a los cuatro reconocimientos que recibí por mis años de aporte en el campo de la ciencia, hizo que me sintiera como en una nube. No podía creer que todo lo que me proponía lo lograba casi sin esfuerzo.

¿Qué más le podía pedir a la vida? Tenía todo el éxito del mundo, además de una mujer increíble y una tierna niña que alegraba mis días. No, se supone que no tendría que ser tan egocéntrico como para pedir más, pero sí, lo era. Quería más. Necesitaba que mis padres me dieran un mínimo de reconocimiento. Pero no importó cuánto hiciera para lograrlo, eso que tanto había buscado desde niño jamás llegó.

Así es, por mucho que hiciera, yo continuaba siendo la escoria de la familia, aun cuando no había hecho nada para merecer ese estatus.

Tal vez, esta historia, vista desde fuera, parezca estúpida; tal vez, yo les parezco estúpido por no haber sabido valorar todo lo que tenía y haber buscado siempre un reconocimiento innecesario, en cierto punto. Y sí, quizás, he sido un total y un completo estúpido, pero aquello era algo que necesitaba, era una espina que se había clavado en mi orgullo. No, no recibí lo que buscaba, pero no me arrepiento de haberlo intentado, porque, gracias a ellos, forcé mis capacidades al límite y logré cosas que jamás imaginé poder obtener.

La víspera de Navidad, la noche previa a sus últimos alientos, la pasamos, como cada año, en casa de mis padres; sin embargo, en dicha ocasión yo me sentía rebosante de felicidad, porque sería una noche maravillosa, independientemente de cómo me trataran mis padres durante esta. Tenía un plan en mente y sabía que lo llevaría a cabo, a como diera lugar.

Lamentablemente, no podía acabar con sus vidas hasta bien entrada la noche y eso me desesperaba un poco, sin embargo, la velada se me hizo sumamente ligera, era como si todo a mi alrededor se hubiese alivianado desde el momento en el que tomé aquella decisión.

Caroline no tenía ni la más mínima idea de lo que me traía entre manos. Había procurado por todos los medios, mantenerla alejada de lo que se gestaba en mi mente, con el fin de evitar involucrarla como cómplice. Si iba a hacer que la mierda salpicara, el único que debía apestar era yo.

Como ya mencioné, la cena, la noche en general, transcurrió sin sobresaltos y, en un abrir y cerrar de ojos, me vi alzando la copa en un brindis hipócrita, pero el cual realicé con una enorme sonrisa. Todo había sucedido sin contratiempos y yo no veía la hora de que mi venganza comenzara, por fin.

Tras el choque de cristales, Caroline, la niña y yo tomamos nuestros respectivos abrigos y, luego de despedirnos escuetamente de «mi familia» nos dirigimos hacia nuestra casa.

Una vez en el interior de la vivienda, tomé a Eugenia en brazos y la llevé a su habitación, en donde la arropé y esperé a que se durmiera, para luego dirigirme hacia el cuarto principal y comprobar que la mujer de mi vida ya se encontraba entre los brazos de Morfeo.

—Las cosas no podrían ir mejor —susurré, con una sonrisa, mientras cerraba la puerta del cuarto.

Sin embargo, estaba completamente equivocado. Las cosas sí podían mejorar, y mucho; tanto así que llegó un momento en el que sentí que una luz divina iluminaba y aprobaba mis actos.

Como un rayo, y procurando hacer el menor ruido posible,

bajé las escaleras y me adentré en el garaje, que se encontraba junto a la cocina.

Al encender la luz, miré hacia una esquina de la estancia, verificando que allí estaba la bolsa de deportes que mi madre, en un arrebato de generosidad o cinismo, me había regalado por mi cumpleaños número veinticinco. Dentro de esta, se encontraban todas las herramientas que creía que podía necesitar. Había dejado todo preparado, con el fin de no perder ni un solo minuto buscando nada. Era consciente de que con no necesitaba más que una simple navaja, pero no quería correr el riesgo de que algo saliera mal y no tener un plan de emergencia. Sentía que, en esa ocasión, toda precaución era poca. Si lo iba a hacer, tenía que hacerlo bien.

Antes de tomar el bolso, apreté las manos en puños y me percaté de que las tenía completamente humedecidas. Me sentía nervioso y ansioso, en partes iguales, porque aquella noche obtendría el mejor regalo navideño de mi vida. En un principio, solo había pensado en asesinar a mis padres, no obstante, mis hermanos, ambos solteros, habían decidido que pasarían la noche en casa de nuestros progenitores, dado que el tren hacia la ciudad en la que vivían, saldría recién por la mañana temprano. Gracias a ello, se me presentó la estupenda oportunidad de matar dos pájaros de un tiro, o, en este caso, cuatro pájaros.

Con la bolsa al hombro, y con una sonrisa que abarcaba todo mi rostro, me dirigí hacia la casa de mis padres, con paso tranquilo. Lo que menos necesitaba era levantar sospechas y que mis planes se fueran a pique.

Cuando llegué a la vivienda, me adentré en esta por la puerta trasera, a la cual pude acceder, a través de un estrecho pasillo que había a un lado de la construcción y que conducía al patio. Sabía que mis padres tenían la mala costumbre —mala para ellos, claro— de dejar la llave de la puerta de la cocina, debajo de una de las macetas del jardín.

Una vez dentro, decidí que lo mejor era esperar un poco. No había pasado demasiado tiempo desde que me había marchado de allí con Caroline y la niña y, conociendo a mi madre, sabía que se había quedado un buen rato más limpiando y poniendo todo en orden. La limpieza que reinaba en la cocina me lo confirmaba. Por eso, tenía que esperar a que estuvieran profundamente dormidos, para poder tomarlos desprevenidos.

Aquellos minutos de espera, poco a poco, se me fueron tornando insoportables. Parecía que las agujas del reloj habían decidido atascarse en ese momento. Sin embargo, «el que espera desespera, pero obtiene su recompensa» y todo ese tiempo valió la pena.

Cuando consideré que ya había esperado lo suficiente, me incorporé del sofá en el que me había sentado, tomé mi navaja suiza favorita —nada mejor que acabar con sus vidas que con uno de sus obsequios— y me encaminé escaleras arriba, sintiendo que las pulsaciones se me disparaban. La adrenalina se extendió por mi cuerpo como un manto de paz.

¡Ya no podía esperar más!

Una vez en la segunda planta, me dirigí hacia la habitación en la que se encontraban mis hermanos. En un segundo, había decidido que lo mejor era que me encargara de ellos primero, guardándome el plato fuerte para el final.

El dormitorio en el que se encontraban era el mismo que ellos habían compartido durante la niñez y se encontraba a la derecha, baño de por medio, de la habitación de mis padres.

Con el mayor de los sigilos, me acerqué a la puerta y, tras vacilar por una fracción de segundo, me adentré en el interior del dormitorio, agradeciendo, en silencio, que mi padre fuese un obseso de mantener las bisagras engrasadas.

Cautelosamente, me aproximé a la cama del más joven de los dos y me dispuse a degollarlo. Durante los minutos que había esperado en el salón, había llegado a la conclusión de que era el método más rápido y efectivo para acabar con sus vidas, ya que no quería entretenerme demasiado en ellos. Solo eral en plato de entrada de un sustancioso banquete.

En ese momento, la luz del alba que se filtraba por entre las blancas cortinas de la habitación, me permitió observar con deleite como la sangre comenzaba a manar a borbotones del cuello de Marcel, empapando las mantas. Mi querido hermano no había tenido ni la más mínima posibilidad de reaccionar ni mucho menos de saber qué le sucedería. La sensación de júbilo que me invadió al ver que su vida escapaba de su cuerpo fue increíble.

Negué repetidamente con la cabeza, en un intento de alejar mi mente de aquella imagen. Tenía que continuar, a pesar de estar disfrutando de aquella imagen.

—Descansa, Marcel —dije, antes de girarme hacia Lucas, quien ni siquiera se había inmutado.

Sin embargo, me moví tan rápido que no pude evitar que mi rodilla derecha impactara contra la mesilla de noche. El estrépito que hizo el mueble al caer de lado, logró que el mayor de mis hermanos se despertase de un sobresalto.

—¡Mierda! —exclamé entre dientes, mientras me abalanzaba sobre él.

—¿Eduard? —preguntó, entornando los ojos, desorientado—. ¿Qué haces aquí?

Sin responder a su pregunta, salté sobre la cama y lo tomé con firmeza, cortando todas sus posibilidades de reacción. Mi enorme cuerpo me permitía una ventaja que yo no pensaba desaprovechar.

El grito que profirió cuando lo así con fuerza por el cuello, me ensordeció.

—Shhh —chisté, posando el acero de la navaja sobre su garganta.

—Eduardo, por favor, ¿qué estás haciendo? Soy tu hermano, ¿recuerdas? —dijo, con la voz entrecortada, intentando aparentar tranquilidad.

—Ahora resulta que eres mi hermano. Y bien, dime: ¿por qué no lo fuiste durante todos estos años? —pregunté.

—Yo… yo…

—No te molestes. No es necesario —dije, deslizando el filo por su garganta, abriéndola de lado a lado—. Descansa, querido Lucas. Si tienes suerte, quizás nos veamos en el infierno.

Al igual que hice con Marcel, dediqué unos segundos a contemplar mi obra. Tengo que reconocer que resultaba hipnótico ver cómo el espeso líquido brotaba de la herida, como si se tratase de una macabra fuente.

Como obra de un milagro, mis padres no habían reaccionado al grito de Lucas, por lo que deduje que estaban profundamente dormidos.

Así es, las cosas iban cada vez mejor.

Con tranquilidad, confiado, salvé la distancia que separaba ambas habitaciones, mientras una sonrisa, la misma que esbozo ahora al recordar aquel momento, invadía mi rostro.

¡Por fin llegaba el turno de aquellos que más me habían dañado!

Morirían, sí, pero ellos lo harían sabiendo el por qué. Quería que ellos lo supieran y fueran sumamente conscientes de lo que habían hecho, quería que supieran quién les arrebataría la vida y cuál era el motivo.

Sin perder ni un segundo, atravesé la habitación y me situé del lado derecho de la cama, en donde mi padre descansaba plácidamente, ajeno a lo que estaba por ocurrirle.

Del bolsillo de mi chaqueta, tomé una pequeña botellita de formol, que había logrado sacar a escondidas del laboratorio, y humedecí uno de los viejos pañuelos de algodón que tanto amaba mi madre y que siempre dejaba sobre la cómoda.

Con los nervios de acero, acerqué el pañuelo embebido en formol a la aguileña nariz de mi padre, quien al sentir el hedor del compuesto químico, abrió los ojos de par en par, aterrado, para luego sumirse una vez más en la inconsciencia.

A continuación, me encaminé hacia el lado de la cama en el que dormía mi madre y repetí el proceso.

Durante los minutos en los que permanecieron sumergidos en aquel sopor químico, me dediqué a maniatarlos firmemente a los barrotes de la cama, imposibilitando, así, cualquier acción de defensa por su parte.

Una vez finalizada aquella tarea, tomé asiento en una de las sillas que tenían en un rincón del dormitorio y esperé a que los efectos del formol se desvanecieran.

Aproximadamente veinte minutos después, mi padre despertó y comenzó a jalar de sus ataduras, en un infructuoso intento de liberarse.

Con parsimonia, me levanté de mi asiento y me acerqué a él. Al verme, su cara se contrajo en un gesto que mezclaba asco e incredulidad en partes iguales.

—¿Qué mierda te crees que haces, imbécil? —preguntó, con la voz entrecortada producto del esfuerzo. Parecía no querer rendirse en su afán por zafarse del amarre.

—Te recomiendo que bajes un poco los niveles de prepotencia. Por si no te habías dado cuenta estás en una desventajosa posición.

—¡Suéltame ahora mismo! —exigió.

—Pues… —murmuré, aparentando pensar—, por lo que puedo observar quien está maniatado eres tú, así que no estás en situación de exigir nada —continué, mientras me cruzaba de brazos y sonreía con mordacidad—. Tus hijos se comportaron como dos angelitos, cuando acabé con ellos.

—¿Qué demonios les hiciste, psicópata de mierda? —preguntó, asombrado, pero sin dejar de lado la ira y el asco que sentía hacia mí.

—¡Eh, tranquilo viejo! —dije, introduciendo mi mano derecha en el interior del bolsillo trasero de mis *jeans*, en la búsqueda de mi ensangrentada navaja—. No te preocupes, ellos ahora están descansando en paz. Si es que eso existe en el Infierno, claro —expliqué, divirtiéndome cada vez más con aquella escena—. Ahora te ha llegado el turno a ti, antes que a tu querida esposa. Pronto, se reunirán todos una vez más como la *familia feliz* que siempre han sido. —Con una mueca de rabia, mi padre comenzó a forcejear aún con más fuerza. Aparentemente, era tan obstinado que no podía comprender que lo que intentaba jamás iba a suceder—. Oye, tranquilo viejo. He sido más que benévolo con tus cachorritos. Solo los degollé. Podría decirse que no sufrieron demasiado —agregué y me encogí de hombros, en tanto soltaba una sonora carcajada.

—¡Eres un enfermo! —gritó.

—¡Te equivocas, *querido padre*! —Sonreí—. Si lo fuera, no sería consciente de lo que estoy haciendo y créeme cuando digo que sé muy bien lo que hago. —Suspiré—. *Madre* —agregué, destilando odio en cada sílaba de esa palabra, mientras miraba a aquella mujer que me había tenido en su vientre y que tanto me había odiado, mientras esta comenzaba a espabilar y, poco a poco, comenzaba a tomar consciencia de lo que estaba sucediendo a su alrededor—, espero que no le tengas asco o miedo a los cadáveres, ya que pronto estarás junto a uno. Aunque, quédate tranquila, no será por mucho tiempo.

Era tanto el odio que sentía que las palabras brotaban de mí como púas venenosas. Había guardado toda mi ira y mi rencor durante tanto tiempo que, ahora que se rompía esa represa, no paraba de soltar todo lo que sentía, con palabras hirientes y, a veces, hasta un tanto absurdas.

—¿Por qué lo haces? ¿Por qué nos haces esto? —preguntó ella, con la voz entrecortada por el llanto. *Siempre tan melodramática.*

—Muy buena pregunta —dije y sonreí—. Excelente, diría yo. ¿Quieres saber por qué hago esto? —Reí—. Muy bien, eso, aunque no lo creas, es algo muy fácil de explicar. —Suspiré—. Aunque también ya deberían saberlo. No obstante, les ahorraré el hecho de que tengan que usar sus mentes podridas para comprenderlo por sí mismos. —Tomé la silla y la acerqué a ellos. Sabía que no diría demasiado, pero me gustaba sentirme con el control, con el poder sobre ellos, quienes permanecían en sus respectivas posiciones, sin poder hacer nada al respecto. Al parecer, mi padre, por fin, había comprendido que no tenía sentido continuar con el forcejeo y permanecía inmóvil, observándome, como si ante él se encontrara el mismísimo demonio. Y, quizás, así era, pero en ese momento se trataba de un demonio que ellos mismos habían construido con sus comportamientos—. Bien, yendo directo al punto, ustedes siempre han sido los que han renegado de mí, tratándome como si no fuera más que un trozo de basura, una escoria, algo de lo que alejarse. Sin embargo, quienes en realidad merecían ese trato eran ustedes. En un inicio, me cuestionaba qué era lo que les había hecho, qué estaba mal en mí para merecer el trato que me brindaban, no obstante, con el tiempo comprendí que el problema no radicaba en mi persona, sino en quienes me habían dado la vida—. Alterné la mirada entre ambos, en un intento de enfatizar mis palabras—. Ustedes siempre han sido quienes no deberían haber nacido, no yo. Pero como eso no lo puedo remediar, no puedo evitar que nazcan, he decidido que, al menos, acabaré con sus vidas. ¿Solo por eso, por haberse comportado como una mierda conmigo? Sí y no. En realidad, también lo hago porque quiero y porque puedo. Y no se imaginan lo bien que me sienta tener esa certeza.

Mis padres intercambiaron una mirada por un segundo, antes de negar con la cabeza y cerrar los ojos.

Yo era más que consciente de qué era lo que estaban pensando. Pues bien, ese sería su último pensamiento, antes de que los enviara directamente al más allá, con mis propias manos.

No lo pensé ni un minuto más, tenía que acabar con ellos cuanto antes. Esa había sido mi plan desde el principio y ya había cumplido con hacerles saber el porqué de su desgracia.

Puñalada tras puñalada, la vida de mis progenitores se fue apagando, mientras la sangre manaba de sus cuerpos, empapando las sábanas y mi ropa. *JAMÁS me había sentido tan bien, tan pleno, tan realizado.* Quizás, esa sensación solo podía compararse con la plenitud que sentí cuando nació mi pequeña hija. Pero solo con eso.

—No deberías haber nacido. Debí haberte abortado —fue lo último que pudo decir mi madre, antes de que me lanzara sobre ella y finalizara con su vida de una vez por toda, cortando su cuello de lado a lado.

Sí, bueno, puede que me haya excedido un poco… Okey, está bien, me excedí bastante. Pero en ese momento lo único que invadía mi mente, y lo que realmente me importaba, era descargar todo lo que había guardado por años. La represa se había roto y yo no pensaba construir una nueva.

La vida de Valerie y Roger Miller se había apagado en un abrir y cerrar de ojos. Aunque, las primeras puñaladas habían sido suficientes, no pude parar hasta que cada cuerpo contó con más de cuarenta, cada uno. Dato del que solo puedo ser consciente, luego de que los médicos forenses realizaran las autopsias. Como podrán imaginarse, en aquel momento, en lo último en lo que pensaba era en contar cuántas veces la navaja había rasgado sus pieles.

En cuanto me cercioré de que había acabado con la vida de los cuatro miembros de *mi* familia, y sintiendo una enorme y abrumadora sensación de paz, me encaminé hacia el salón. Una vez allí, tomé mi móvil y llamé a la policía. No estoy muy seguro de en qué momento tomé dicha decisión, pero sí, fui yo quien denunció el crimen, brindándole a los agentes un relato pormenorizado de todo lo sucedido esa noche. No me moví de la casa. Me mantuve allí, sentado en el sofá en el que tantas veces había estado a lo largo de mi vida, pensando en todo lo que había hecho y sintiendo que, conforme avanzaba el tiempo, menos me arrepentía.

Una vez que los oficiales llegaron a la casa, me entre con la barbilla en alto, orgulloso, feliz, en paz…, sabiendo que cumpliría la condena que me impusieran con el mayor de los gustos.

Lo único que puedo decir que me aterraba en ese momento era la reacción que podrían tener Caroline y la pequeña, al enterarse de que su pareja y su padre había cometido un cuádruple asesinato. Aunque, sí es cierto que mantenía la esperanza de que ellas supiesen comprenderme y estuviesen de mi lado, aun cuando rechazaran completamente los actos cometidos.

Meses más tarde, el juez, con la ayuda de los psiquiatras estatales que constataron que en todo momento había sido plenamente consciente de mis actos, llegó a un veredicto y me comunicaron mi sentencia. La condena que se me impuso fue de veinte años —bastante benevolente, según mi opinión—, de los cuales ya he cumplido con quince, con una conducta impecable que me permitió que, en unos meses, pueda salir en libertad condicional.

Caroline y Eugenia, quien ya cuenta con dieciocho años, están igual o más ansiosas que yo porque llegue ese día. Ellas son lo único que he echado en falta en estos años de encierro, en estos años de pagar esta condena. Me duele en el alma el tiempo que me he visto obligado a mantenerme lejos de ellas.

Sin embargo, a pesar de esto último, puedo decir que, desde hace quince años:

¡Soy el hombre más feliz que jamás conocerán!

LA LIBERTAD DE LA MUERTE

«Nada es más difícil,
Y, por lo tanto, más precioso,
que ser capaz de decidir».
Napoleón Bonaparte

LA LIBERTAD DE LA MUERTE

Treinta años de matrimonio se dicen rápido, pero es tanto…

No habían sido felices por siempre, como se retrata en los cuentos de hadas, que se le leen a los niños antes de irse a la cama, pero, durante los primeros veinte años, habían sido una pareja con todas sus letras, con buenos y malos momentos, pero siempre sabiéndose comprender el uno al otro. Sin embargo, esa paz en la que vivían finalizaría aquel funesto día en el que sus vidas dieron un vuelco de ciento ochenta grados; en especial, la vida de Monique.

Aquella lluviosa mañana, del mes de abril, sería un antes y un después para ella. Aunque la mujer no lo supiera, ni pudiera imaginárselo, el color del cielo era un presagio de esto.

Ese sábado por la mañana, Monique se levantó, como cada día, a las cinco de la mañana, con la intención de poner la casa en orden. Su obsesión porque todo estuviese limpio y en su sitio la obligaba a salir de la cama, aun cuando ni siquiera había despuntado el alba, por muy cansada que se sintiera.

Sin perder ni un segundo, pasó por el cuarto de baño, se lavó el rostro, se vistió rápidamente y se encaminó hacia la cocina en busca de una humeante taza de café. Realmente, la necesitaba. No había logrado pegar ojo en toda la noche, aun cuando ella era de las que se sumergían en un sueño profundo, ni bien su cabeza rozaba la almohada. Sin embargo, esto tenía un por qué y era que no tenía ni la más remota idea de dónde se encontraba su hijo, quien había salido la noche anterior y no había recibido ni el más mínimo mensaje de él de que regresaría más tarde que de costumbre. Philippe jamás llegaba más de las dos de la madrugada. Él simplemente se limitaba a beber con sus amigos y a volver a casa, sin pasar por discoteca alguna.

Durante las horas de insomnio, Monique había procurado convencerse de que, si bien aquello no era propio de su hijo, siempre había una primera vez. Aun así, no lograba alejar la necesidad de saber qué estaba haciendo, cómo estaba…

Inspiró profundamente y, volviendo a la realidad, se percató de que la cafetera ya había cumplido con su trabajo. Se apresuró a verter una buena cantidad de aquel caliente y espeso líquido en su taza favorita, se preparó unas tostadas con mermelada y tomó asiento frente a la televisión.

Mientras con una mano se llevaba la taza a los labios, con la otra tomó el mando a distancia y dio al botón de encendido. Como ya era costumbre, quería ver las noticias de la mañana. No sabía por qué, pero la voz de la presentadora le hacía compañía y le gustaba saber qué había sucedido en el mundo, antes de comenzar con sus quehaceres.

Su marido también había salido de madrugada, hacia su trabajo, por lo que, sintiéndose cómoda en la soledad de la vivienda, se dedicó a desayunar, en compañía de las noticias, aun cuando la incertidumbre del paradero de su hijo, no la dejaba del todo en paz.

El noticiario de aquella mañana presentaba noticias de lo más variadas, no obstante, en todos los canales se hacían eco de una misma información: un trágico accidente de tráfico, del que nadie había salido con vida.

Monique se levantó de la silla y, con la taza en una mano y el plato vacío en la otra, se dirigió hacia el fregadero, pensando en la pena que debían sentir las familias de los que habían muerto en el accidente, pero sin darle más vueltas. Los accidentes automovilísticos eran demasiado frecuentes en la ciudad, aún más cuando por la noche había llovido con intensidad.

Con la televisión aún encendida y la voz de la presentadora de turno como compañía, lavó los trastos y se dispuso a comenzar con las tareas del hogar.

Fregar, barrer, lavar la ropa, entre tantos otros quehaceres domésticos, le permitían entrar en un estado puro de relajación, en una especie de trance, logrando desconectarla de la realidad y haciendo que su monótono día pasara en un abrir y cerrar de ojos.

Veinte años atrás, después de su luna de miel, había decidido que, quizás, lo mejor era retomar su trabajo. Sin embargo, Pierre, su reciente esposo, le había *prohibido*, aunque de manera galante, que lo hiciese, alegando que ella era una «reina», según sus propias palabras, y él era quien debía llevar el dinero a casa.

Aunque la actitud de Pierre, en aquel momento, le había resultado un tanto violenta, Monique se dejó seducir por sus palabras y por su supuesta galantería y había terminado por ceder. Quedarse en casa no parecía una mala idea, sobre todo, cuando se enteró de su temprano embarazo. Philippe, su hijo, le había permitido ver aquel *forzado* encierro como una posibilidad de dedicarse a él cien por ciento. Se convenció de que cuando su pequeño tuviera la edad suficiente como para valerse tranquilamente por sí mismo, en compañía de una niñera, lograría convencer a Pierre de que volver a trabajar era lo mejor para ella. Pero ¡qué ilusa había sido! Eso que tanto ansiaba, no sucedió jamás, a pesar de sus innumerables intentos de persuasión. Su marido jamás dio el brazo a torcer, llegando a violentarse cada vez que ella intentaba razonar con él, sobre el tema.

Desde hacía un buen tiempo, Monique se sentía harta de vivir con ese hombre que le coartaba la posibilidad de hacer lo que ella más quería. La docencia siempre había sido todo para ella, y volver a las aulas era lo que más ansiaba. Sin embargo, parecía que, tras haber tomado la decisión de casarse con Pierre, su vida había dejado de ser propia para pasar a ser propiedad de su esposo. De no haber sido por Philippe, hubiese hecho hasta lo imposible para macharse de aquella casa. ¿Por qué había permanecido allí por su hijo? Porque temía que este sufriera por la separación de sus padres. Monique era más que consciente de que el pequeño adoraba a Pierre y no quería hacerle daño, alejándolo de él y permitiéndole que solo lo viera los fines de semana; eso, si es que la justicia hablaba a su favor durante el divorcio y le permitían tener la custodia del muchacho que, por aquel entonces, contaba con tan solo ocho años de edad. Por este motivo, se engañó una vez más, pensando en que se desharía de aquel matrimonio en cuanto Philippe cumpliera la mayoría de edad y pudiera comprender por qué ella deseaba separarse de su padre. Sin embargo, esto tampoco ocurrió. Cuando llegó el día del decimoctavo cumpleaños de su único hijo, encontró una nueva y estúpida excusa para continuar casada con Pierre. Contra su voluntad, lamentablemente, se había acostumbrado a aquella monótona y triste vida.

—¿Dónde estás, Philippe? —preguntó, al aire, mientras se dirigía al salón con los brazos repletos de diversos productos de limpieza.

No podía alejar de ella ese pensamiento, quería saber de su hijo, pero por mucho que había intentado llamarlo durante la madrugada, este no había atendido a sus llamados.

Impaciente, pero procurando tranquilizarse y no darle demasiadas vueltas a la cabeza, encendió la radio y comenzó con las labores domésticas.

Mientras repasaba la sala, notó que el auricular del teléfono de línea se encontraba descolgado. Tal vez, en una de sus tantas llamadas a su hijo, había olvidado dejarlo en su sitio. Bostezando, tomó el aparato, lo acomodó y rápidamente se puso con una nueva tarea.

En el momento en el que se dedicaba a repasar el mobiliario con una franela, el teléfono que había acomodado hacía un par de minutos, comenzó a sonar, desconcertándola por completo.

Bajó el volumen de la radio e, instintivamente, se llevó una mano al pecho, mientras se acercaba una vez más al aparato que había limpiado y acomodado hacía no más de cinco minutos.

Algo en su interior la instaba a no atender esa llamada. No obstante, no podía no hacerlo, ¿y si se trataba de Philippe?

Alzó el auricular y se lo llevó a la oreja.

—¿Sí? —preguntó, con un hilo de voz, y tragó saliva—. Sí, sí, soy yo. ¿Qué sucede? Sí… ¿Cómo? Sí, claro, es mi hijo —respondió, sin comprender. La voz, al otro lado de la línea, comenzó a explicarle lo que ella necesitaba saber, pausadamente—. ¡¿Qué?! —exclamó, fuera de sí. Lo que le decía aquella mujer era imposible—. No… No puede ser cierto —dijo, sintiendo como sus ojos se anegaban en lágrimas—. ¡No! Está mintiendo. Eso no puede ser cierto. —La voz repitió aquello que no podía, ni quería, creer—. ¡No, eso no es cierto! —gritó, antes de sumirse en el más completo silencio, con la mirada perdida en un punto frente a ella. Las lágrimas que habían poblado sus azules ojos, comenzaron a manar de estos, rodando por sus mejillas.

En ese momento, sentía que tendría que haberle hecho caso a su instinto y no haber tomado la maldita llamada. Sin embargo, ¿qué hubiese cambiado? Nada. Porque, a pesar de que lo que aquella mujer le decía se le antojaba una broma de mal gusto, sabía que era la verdad; una triste verdad, que una parte de sí no quería reconocer.

La mujer al otro lado de la línea llamó su atención y le dijo lo último que esperaba oír. ¿En serio tenía que hacer aquello? ¿Acaso no valía con…?

Inspiró profundamente.

—Está bien. Lo haré. Adiós —respondió en un susurro, mientras, con una inusitada lentitud, dejaba el auricular en su sitio, una vez más.

Durante lo que le pareció una eternidad, permaneció inmóvil, sintiendo su mente y sus sentidos embotados.

Cuando logró reaccionar, pensó en que debía comunicarle aquella noticia a su marido. Podía imaginarse cuál sería su reacción, pero sabía que era mejor que lo supiera cuanto antes, y no que se enterase por otros medios y supiese que ella estaba al tanto de lo ocurrido.

Con manos temblorosas, tomó el auricular una vez más y marcó el número de la empresa de su esposo. Con cada tono, su corazón se aceleraba más y más.

Una vez que se estableció la conexión, le pidió a la recepcionista que la comunicara con Pierre, comunicándole que se trataba de una urgencia. Cuando por fin oyó la vos de su marido, le comunicó lo ocurrido en tres simples palabras.

El grito que Pierre profirió la obligó a apartarse el auricular de la oreja, dejándolo sobre la mesilla del teléfono.

Mientras su marido continuaba gritando a través del parlante, dedicándole insultos que ella no merecía, Monique se incorporó, mecánicamente, y se encaminó hacia la habitación.

Ella era más que consciente de que cuando Pierre llegase a casa, lo haría hecho un tornado de furia y ella, como tantas otras veces, sería su saco de boxeo. Sin embargo, en ese momento tenía algo más importante en lo que pensar. Su hijo se encontraba en un cuarto aséptico y refrigerado de una morgue del Estado, abierto y suturado, como si no fuera más que un trozo de carne.

En verdad, no tenía ni el más mínimo ánimo de presentarse allí, para reconocer el cuerpo de su niño. Sin embargo, aunque su alma se retorciera de dolor, sabía que no le quedaba más remedio.

De un momento a otro, el cansancio se apoderó de su cuerpo, mientras el dolor ganaba más y más terreno en su corazón y su alma. Su hijo, su *único* hijo, estaba muerto y nada podía hacer para revertirlo.

Sus ojos se anegaron de lágrimas, una vez más. Era incapaz de concebir la idea de que su hijo condujera bajo los efectos del alcohol y de las drogas. No, ese no era Philippe, no era su niño. ¡Era imposible! Ese no era el muchacho que ella había criado con tanto mimo y amor.

En ese momento, lo único que deseaba era despertarse y darse cuenta de que todo aquello no era más que una macabra y retorcida pesadilla. Se pellizcó el brazo izquierdo, en un vano intento de comprobar que era así. Sin embargo, todo, hasta ese pequeño detalle, le decía que no era así; que todo aquello no era más que la vil y triste realidad.

Inspiró profundamente, reuniendo las pocas fuerzas que le quedaban. Necesitaba ver a su hijo y comprobar con sus propios ojos que lo que le había dicho aquella mujer, durante el llamado que la había devastado, eran ciertas.

Sintiendo que sus extremidades pesaban una tonelada, se encaminó al closet, sacó un par de prendas, sin prestar mucha atención, y se cambió de ropa como un autómata. En cuanto estuvo lista, tomó los ahorros de toda su vida de debajo del colchón y se dirigió hacia la puerta principal.

Titubeó por unos segundos. Conocía demasiado bien a Pierre. Sabía, más que nadie, que se enfadaría porque saliera sola —se lo había prohibido—, pero en su cabeza solo existía su hijo en aquella aséptica sala de la morgue.

Inhaló y exhaló, tomando el pomo de la puerta y abriéndola. Lo vería y confirmaría que se trataba, en efecto, de Philippe, aunque eso fuera lo último que hiciera en la vida.

Una hora más tarde, regresó a casa con el rostro congestionado por las lágrimas y sintiendo un enorme vacío en su pecho. En efecto, había constatado que se trataba de su *pequeño*. Verlo allí, tendido en aquella fría camilla de acero inoxidable, con el rostro repleto de heridas producto del accidente, había hecho que su vida se desmoronara, precipitándose al vacío.

Tras cruzar la puerta de entrada, se dirigió al cuarto y se tiró en la cama. Había gastado hasta la última gota de energía y las fuerzas la habían abandonado por completo.

Mientras su espalda subía y bajaba, por los espasmos del llanto, la puerta de entrada volvió a abrirse, golpeándose contra la pared, y la iracunda voz de su marido llegó hasta su congestionado cerebro.

Ambos se habían encontrado en el Anatómico Forense, pero ella, al verlo, salió como alma que lleva el diablo, suplicando para sus adentros que Pierre no se hubiese percatado de su presencia.

Oyó como la puerta de la habitación se habría, también, con estrépito, por lo que se incorporó tan rápido como le fue posible. Sin embargo, no fue capaz de esquivar el puñetazo que Pierre lanzó, directo a su rostro.

Tras un horrendo crujido, su nariz comenzó a sangrar. Pierre continuó golpeándola, con una saña que no se creía merecedora, sin piedad, hasta dejarla en el piso, semiinconsciente y bañada en su propia sangre.

Durante unos segundos, la observó con asco, con rabia, con odio…, antes de escupir los últimos insultos y alejarse hacia el cuarto de baño.

Monique se removió en el suelo, incómoda y adolorida. Los moratones y las heridas que los golpes de Pierre habían dejado en su cuerpo, le ardían y le dolían demasiado, aunque no lo suficiente como para aplacar el dolor que sentía en el alma. Los insultos habían caído sobre ella, como minúsculas púas envenenadas, lacerando su ya herido corazón.

No sabía por qué, pero siempre lo había querido, siempre lo había amado, pero aquellas palabras, pronunciadas con los dientes apretados, la habían herido mucho más que los golpes en sí mismos.

Durante largos minutos, permaneció allí, tendida en el suelo, hasta que Pierre se dignó a salir del baño, pasó junto a ella, esquivándola, como si no fuera más que un saco de basura, y salió hacia la calle.

Con lentitud, su respiración fue recuperando su ritmo normal, permitiéndole aclarar sus pensamientos.

Debía hacer algo, pero ¿qué?

El miedo que sentía hacia su marido no le permitía tomar sus cosas y marcharse de allí, de una vez y para siempre. Ya no existían excusas para permanecer a su lado. Sin embargo, en ese momento, la soga que, constantemente, jalaba de ella en un intento por rescatarla del oscuro pozo que era su vida, ahora, lo hacía con más fuerza.

Con un esfuerzo sobrehumano, Monique logró incorporarse. Le dolía cada parte de su cuerpo y sus piernas no le respondían del todo; no obstante, ayudándose del apoyo de las paredes, logró llegar hasta la cocina, en donde tomó un analgésico.

En ese instante, una punzada en sus costillas izquierdas, la hizo doblarse a la mitad, dejando caer el vaso de agua con el que había tragado la píldora.

«Una costilla rota», pensó, comenzando a hiperventilar.

Sin embargo, descartó de inmediato la posibilidad de llamar a un médico. Si lo hacía, tendría que dar demasiadas explicaciones… y no se sentía capaz.

Sus dolores, poco a poco, fueron reemplazados por la imagen de Philippe en la morgue, llevándola a recordar el pasado. Aquello, pese a la tristeza que le producía, le permitió relajarse y, luego de ingerir un ansiolítico, se encaminó nuevamente hacia el cuarto, dejándose caer sobre la cama y relajándose por fin.

DIEZ AÑOS DESPUÉS.

Los años se sucedieron, uno tras otro, sin el más mínimo cambio. Habían pasado diez años desde aquel desgraciado día en el que su vida se había hecho añicos, desde que le había dado el último adiós a su adorado Philippe. Diez años… Y nada, absolutamente nada, había cambiado.

Aquella última década no había sido más que un ciclo. Sí, un maldito ciclo de golpes, llantos, insultos, ganas de huir, angustia, soledad… Sin saber muy bien cómo funcionaba, Monique había logrado mantener a raya la depresión, pura y exclusivamente, gracias a su obsesión por la limpieza.

La mañana del décimo aniversario de la muerte de Philippe, amaneció igual que aquella de hacía una década: gris y lluviosa. Parecía que el cielo se vestía de luto, una vez más, acompañándola en su tristeza, en su dolor, mientras ella repetía la misma rutina de hacía diez años: desayuno, noticias, limpieza…

En ese momento, hacía días que Pierre no aparecía por casa, y eso le había dado un remanso de paz a su vida. Tranquilidad que, en ese instante, comenzaba a disiparse y que ni siquiera su obsesión por mantener el orden le permitía mantener. Tristemente, era consciente de que su marido regresaría ese día.

Sí, así era, lo sabía. Durante los últimos diez años, Pierre había repetido el mismo patrón: unos días antes del aniversario de la muerte de Philippe desaparecía, para volver el mismo día para descargar en ella su ira y su dolor por el fallecimiento de su hijo.

Con el pasar del tiempo, Monique se había endurecido y había aguantado aquellas palizas estoicamente. Sin embargo, en días como aquel, la necesidad de huir, de una vez por todas, se acrecentaba.

¿Por qué no lo había hecho ya? No lo sabía. En verdad, no tenía ni la más mínima idea de por qué continuaba allí, soportando, año tras año, aquella maldita tortura, en la que no solo recordaba a su hijo, sino que también debía soportar la ira de Pierre.

Hacía meses que un pensamiento, una idea, había comenzado a gestarse en su cabeza, el cual se bifurcaba en dos caminos, dos posibilidades. Ambos tenían un idéntico final, y ninguno le apetecía demasiado, sin embargo, era consciente de que esa era la única manera que tenía de poner fin al suplicio en el que se había convertido su vida.

Sí, así es, tenía dos opciones: morir o matar; matar o morir. Dos posibilidades que la tentaban y le desagradaban a partes iguales, pero solo se creía capaz de soportar solo una.

Tras varios meses de pensarlo, de meditarlo, de mascar ambas opciones, se decidió por esa que se le antojaba más fácil, pero que, en realidad, era la más difícil de llevar a cabo, porque se subdividía en dos opciones más.

Sabía que, por mucha tristeza, angustia y rabia que albergara en su interior, era incapaz de matar. No, no sería capaz de vivir con ello en su consciencia, pero sí podía morir y ese camino era el que había escogido. Sin embargo, aún le restaba responder una última pregunta: ¿cómo acabar con su vida? ¿Lo haría por sí misma, o lo dejaría en manos ajenas?

Suspirando, depositó en su sitio los químicos que había estado utilizando para asear la vivienda y se encaminó hacia el dormitorio. Acababa de responder al último cuestionamiento y lo llevaría a cabo de una vez por todas.

Tomó la maleta, la cual se encontraba lista en un rincón de la habitación, detrás de la puerta. Podría haberla dejado vacío, sin embargo, en su interior aún albergaba un ápice de esperanza.

Una vez que comprobó que tenía todo lo que *necesitaba*, se dirigió a la sala y tomó asiento en el sofá, con la maleta entre las piernas, y esperó.

El tiempo pasaba a una lentitud que la desesperaba. Parecía que las manecillas del reloj se habían puesto de acuerdo para ralentizarse y darle aún más tiempo de espera, con la esperanza de que se arrepintiera de lo que había decidido hacer. No obstante, ella se mantuvo firme. No había otra alternativa. No podía ni quería seguir viviendo de esa manera.

Corroboró la hora en el reloj de pared que descansaba sobre la puerta que comunicaba con la cocina y confirmó que ya era la hora: la misma de hacía diez años.

En ese preciso instante, tal y como ella esperaba, la puerta principal se abrió con estrépito, dando paso al monstruo en el que se había convertido el hombre que alguna vez había creído amar.

Pierre se adentró a la vivienda, con paso errático, evidentemente alcoholizado, mientras Monique, sosteniendo el equipaje con la mano derecha, se ponía de pie y lo enfrentaba, como nunca lo había hecho. El momento había llegado.

Cuando Pierre se percató de su presencia, sus ojos se convirtieron en dos finas rendijas. A pesar de su estado, no le había costado notar la presencia de la maleta que su esposa sostenía junto a ella.

Monique sabía lo que aquello significaba, no obstante, caminó hacia él con paso firme, enfrentándolo con la barbilla en alto y mirándolo fijamente a los ojos.

Sin palabras de por medio, sin ningún reproche ni el más mínimo sonido, el primer golpe impactó en la mejilla izquierda de la mujer, quien no se movió de su sitio, más que lo que el mismo puñetazo la obligó.

Pierre rio, sardónicamente.

—Así que pretendes marcharte, ¿eh? —Bufó—. Si es que eres una imbécil. Siempre lo has sido. ¿Quieres marcharte? ¿En serio? —escupió, mientras la tomaba por la coleta y jalaba de ella, haciéndola caer al suelo.

Monique, estoica, recibió cada uno de los golpes y de los insultos que se precipitaron sobre ella, sin la más mínima queja, aun cuando el dolor le resultaba insoportable y la sangre manaba, sin control, de cada una de las heridas que Pierre había abierto en su cuerpo.

No contento con el estado en el que se encontraba, el monstruo con cuerpo humano tomó la navaja que siempre llevaba consigo en el bolsillo trasero de sus *jeans* y comenzó a rasgar la piel de Monique con saña y con una precisión digna del más avezado cirujano.

—Vamos, vete, a ver si puedes, hija de puta. ¡Anda, suplica! —chilló, cada vez más fuera de sí, con los dientes apretados y los ojos inyectados en sangre, al ver que Monique tan solo se limitaba a morderse la lengua, soportando aquel suplicio sin emitir ni el más mínimo sonido, consciente de que aquello terminaría de una vez y para siempre—. Ah, ¿no lo harás? —preguntó, dándose cuenta de lo que la mujer pretendía. ¿Quería sacarlo de sus casillas? ¿Quería que la matara…? Pues, bien…

Con la mirada desencajada y con una ira que hasta él mismo desconocía, pero que, poco a poco, comenzó a habitarlo como si fuera una vieja amiga, comenzó a apuñalar a la mujer a la que había jurado amar y respetar hasta que la muerte los separara, hacía treinta años.

Hipnotizado, por la facilidad con la que la navaja penetraba la piel de Monique, continuó hundiendo, sin parar, la hoja en el cuerpo de su esposa, hasta que esta lanzó su último suspiro, dejándose arropar por los brazos de la muerte, a quien tanto había estado esperando.

Con el rostro desfigurado en una mueca de extraña satisfacción y con sus manos cubiertas de lo que parecían brillantes guantes color escarlata, Pierre observó su *obra*: el cuerpo carente de vida de Monique yacía sobre un charco de su propia sangre, la cual, lentamente, se iba tornando espesa y pegajosa.

Una vez hubo calmado su sed de sangre, Pierre se encaminó hacia el pequeño mueble bar que se encontraba en una esquina de la sala y se sirvió una buena cantidad de su *whisky* favorito.

Con el vaso lleno de aquel destilado color ámbar, se dirigió a sofá y se recostó, dejando la navaja a un lado, con los ojos fijos en Monique.

Luego de un par de minutos, se incorporó y apoyó los codos sobre sus rodillas, moviendo la cabeza de un lado a otro, asqueado de pensar todo lo que tendría que limpiar.

¿Qué rayos haría con el cadáver? ¿Cómo diablos se desharía del cuerpo de su esposa?

Buscando una respuesta a aquellos interrogantes, observó a Monique y, a través de su ensangrentado rostro, fue capaz de entrever una sonrisa.

—Serás hija de puta —murmuró, cabreado ante la expresión que había quedado grabado en el rostro de la difunta, cayendo en la cuenta de que todo había sido una maldita trampa.

Monique se había salido con la suya. Después de tantos años, por fin, lo había manipulado y lo había llevado a hacer lo que ella quería, algo que Pierre había procurado evitar durante todo su matrimonio.

—¡Hija de puta! —gritó, enojado cpor haberse dejado manipular de aquella manera.

Con ira, estrelló el vaso contra el cadáver de su esposa, que, aún muerta, osaba burlarse de él. Apretando los puños, se puso de pie y se encaminó hacia el mueble vitral, que había al otro extremo de la sala, de cuyo interior sacó una pistola de 9 mm.

Sin pensarlo dos veces, y sabiendo que así se quitaría más de un peso de encima, amartilló el arma y la posó sobre su sien derecha.

—Ni en el Infierno te librarás de mí, maldita hija de puta —dijo, con la vista fija en Monique, antes de apretar el gatillo.

LAS ENTRAÑAS DEL ABISMO

«La muerte deja un dolor que nadie puede curar,
el amor deja un recuerdo que nadie puede robar».
Lápida irlandesa.

LAS ENTRAÑAS DEL ABISMO

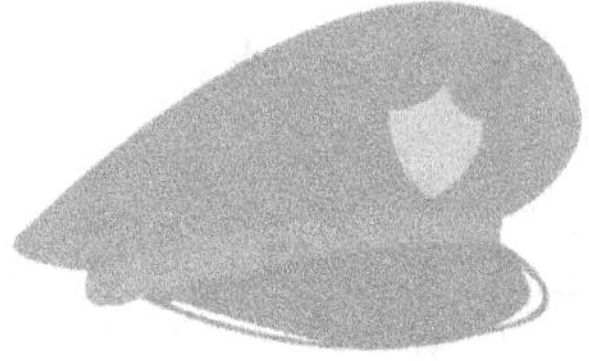

Soy la sombra de lo que un día fue un hombre

Las pesadillas me acechan y me atacan, como un enjambre de abejas, aguijoneando mi mente, mi corazón y, sobre todo, mi alma. Continúo, más por inercia que por ánimos, sin hallar la manera de espantarlas. Me descolocan, me hieren y, poco a poco, minan mis escasas fuerzas.

Ellas eran mi vida, todo lo que tenía. Y, de la noche a la mañana, el sentido de mi vida me fue arrebatado por un maldito *enfermo*; por un asesino. Pero ¿saben qué es lo peor de todo? Que fue mi culpa, *mi maldita culpa*. Sí, mi culpa por no haberme enfocado más en ellas y menos en mi trabajo; por no llegar a tiempo, sus vidas se apagaron para no volver a brillar jamás. Y, por eso, ahora, mientras ellas descansan en algún lugar, en el paraíso, tal vez, yo permanezco aquí, consumiéndome en la desgracia y en el dolo que no me dejan ni respirar con normalidad, sin saber cuánto más podré soportar esta agonía.

Hoy es el día del primer aniversario de su partida. Sí, ya ha pasado un año desde que me quedé sin vida, desde que morí con ellas. Me han dado el día libre en la comisaría, pero no veo la hora de regresar. Sin el trabajo… Suspiro. *Es una mierda cuando lo único que te queda, para poder seguir adelante, es el puto trabajo.*

—Emma. Ingrid —susurro al vacío, con una vana esperanza de verlas cruzar la puerta acristalada del recibidor.

Puedo ver a Emma entrando en el salón, riendo y saltando, mientras Ingrid la regaña, por no sacarse el calzado de calle. Sin embargo, Emma la ignora y viene corriendo en busca de su *guardia personal*.

Los ojos se me anegan en lágrima y un nudo se instala en mi garganta. Aún sueño con volverlas a ver, con decirles cuánto las necesito; *cuánto las amo*.

Recuerdo el día de su muerte, como si hubiese sucedido ayer.

Aquella mañana, me levanté como todos los días, me coloqué mis acostumbrados *jeans*, me calcé mis zapatos y la camisa reglamentaria de la comisaría.

Al llegar a la cocina, deposité un casto y suave beso sobre los labios de Ingrid y otro sobre la coronilla de mi pequeña Emma.

Tras beber rápidamente un café, sin azúcar ni ningún edulcorante, les dediqué un simple «adiós» y me marché hacia mi trabajo, atendiendo a la urgente llamada que había recibido minutos antes, sin saber que aquella sería la última vez que las vería con vida.

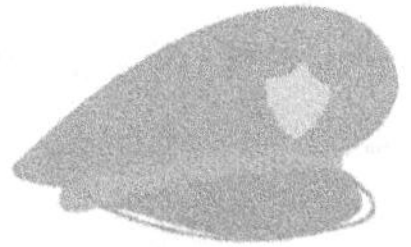

Al llegar a la comisaría, noté que Beate me esperaba en la puerta, ansiosa por brindarme todos los detalles sobre la noticia que yo ya había recibido vía telefónica.

Ya estaba todo listo para dar con el cabrón hijo de puta que se había cargado a más de media docena de mujeres en el último mes. Las cartas ya estaban sobre la mesa y estábamos más que confiados, según lo que teníamos, jugábamos con ventaja. Estábamos completamente convenidos de que, al terminar el día, aquel *monstruo* se encontraría en el lugar que le correspondía.

—Ole —dijo Beate, en cuanto estuve junto a ella—. Sabemos quién es y en dónde vive. El plan ya está trazado, solo falta que tú lo apruebes —agregó, con una sonrisa de oreja a oreja.

En la comisaría reinaba un ambiente de nervios y de ansiedad. Nos sentíamos sumamente emocionados por lo que estaba por suceder. Solo nos faltaba dar saltitos de impaciencia, como un grupo de niños en una juguetería.

Una vez que nos montamos en coches particulares y vestidos de «paisano» para no llamar la atención de nuestra presa, pusimos rumbo hacia la dirección que nuestros compañeros nos habían facilitado y nos apostamos frente al edificio en el que vivía aquel maldito *monstruo*. No tenía escapatoria. Solo debíamos esperar a que el susodicho se dirigiera a su departamento y lanzarnos sobre él. Habíamos logrado dar con la información de que, en ese momento, se encontraba en su puesto de trabajo. Porque sí, aunque no lo creyéramos, era un empleado ejemplar. Uno de esos sujetos que merecen un cuadro con su foto y con una inscripción al pie que dijera: «Empleado del mes».

Era la primera vez, desde que formaba parte del cuerpo de policía de Oslo, en la que debía enfrentarme a un caso de tal magnitud.

El hombre al que esperábamos había desollado vivas a sus víctimas, para luego trocearlas, como si no fuera más que un trozo de carne. Nos había llevado demasiado tiempo dar con él. El muy cabrón, había que reconocerlo, se había esmerado en dejar la menor cantidad de pistas posibles. En verdad, aunque no sea de mi agrado reconocerlo, el hecho de que nos encontráramos allí se debía a un simple golpe de suerte.

La hora, en la que él debía llegar a su domicilio, estaba cerca. Tan solo faltaban un par de minutos para que la pesadilla llegase a su fin, de una vez por todas, y la ansiedad del equipo aumentaba con el correr de las manecillas del reloj y era capaz de palparse en el aire.

Segundos antes de la hora que teníamos prevista para su llegada, mi bolsillo comenzó a vibrar insistentemente. Tomé el teléfono y observé el nombre que aparecía en la pantalla: se trataba de Ingrid, mi esposa. Procuré ignorar la llamada, dado que necesitaba estar con todos los sentidos en alerta, no obstante, el aparato no dejaba de zumbar, alterándome, al punto de desear deshacerme de él lanzándolo por la ventanilla del coche.

Cuando ya no pude más, suspiré y por fin tomé la llamada.

—¿Qué quieres? —pregunté, intentando sonar lo más calmado posible—. Sabes que estoy ocupado.

—Descuida, te quitaré poco tiempo —respondió una voz masculina que no supe identificar—. Es una pena que hayas preferido dar caza a un *asesino* antes que cuidar de ellas.

—¿Quién eres? —pregunté, frunciendo el ceño, completamente desconcertado y con los sentidos en alerta.

—Siento muchísimo el no poder recibirlos. Hubo un cambio de planes —respondió el sujeto, entre risas—. Sí, mi querido comisario Ole Lie, soy ese que tanto han estado esperando. Agradezco enormemente su paciencia, pero me será imposible saludarlos. Sin embargo, ven a casas, aquí te estamos esperando, *papi* —agregó, haciendo una mala imitación de una niña pequeña.

Un sudor frío comenzó a recorrer mi espalda mientras mi mirada se perdía en el horizonte. Por un segundo, fui incapaz de reaccionar y experimenté un cóctel de sentimientos, mientras percibía las miradas expectantes de Beate y Alex.

—¡Ole! —gritó mi compañera, en tanto Alex me zarandeaba, para que volviera a la realidad—. ¿Nos puedes decir qué demo…?

—Las tiene —la interrumpí, con la mirada aún perdida en un punto lejano, mientras estrujaba el volante con fuerza. Mi voz me sonó lejana y carente de emoción.

—**¿Podrías ser más explícito? Por favor** —pidió Beate, buscando mi mirada.

—Ese maldito enfermo continúa burlándose de nosotros. Sobre todo de mí. —Moví la cabeza, inentando despejar mi mente—. Tiene a Ingrid y a Emma. Por lo que dijo, está en casa; *con ellas*.

Sin decir ni una palabra más, encendí el coche, mientras mis compañeros aún intentaban procesar la noticia que les acababa de dar.

Al tomar la carretera principal, pisé el acelerador al máximo, en tanto Beate, instalaba sobre el techo del coche una luz azul y roja de emergencia.

—¡Lie! —gritó, haciéndose oír por sobre el ruido del motor. —¡**No me jodas,** Lie! No estoy para bromas.

—¿Acaso me crees capaz de jugar con algo así? —grité, pisando, aún más, el acelerador—. Tengo que llegar cuanto antes. Está con Ingrid y Emma, y ya sabemos de lo que es capaz.

—¿Y si se trata de una trampa? —inquirió Alex, desde el asiento trasero.

—No lo sé, pero tampoco lo creo —respondí, con la mirada fija en la carretera—. No estamos tratando con cualquier tipo. Es un puto asesino. ¡UN PUTO ASESINO! —grité, apretando con más fuerza el volante—. Este *enfermo* está jugando con nosotros, y, si es verdad lo que me dijo, Ingrid y Emma corren peligro.

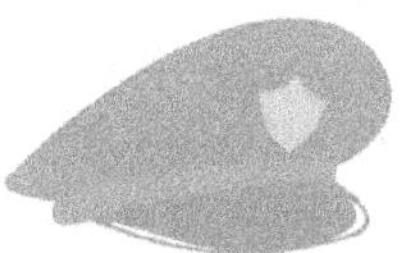

Minutos más tarde, aparqué de cualquier manera frente a la casa que compartía con mi esposa y con mi hija, y me bajé a toda prisa, adentrándome sin pensármelo dos veces.

La puerta de entrada se encontraba abierta de par en par y las luces del salón se hallaban encendidas. Un silencio sepulcral flotaba en el ambiente y un escalofrío recorrió mi espina dorsal. Aquel era el típico silencio que deja tras de sí la desgracia.

Sin aún perder del todo las esperanzas, comencé a buscar a las dos personas que más amaba en el mundo, sin darme tiempo a pensar en lo que podría hallar. No podía ni quería pensar en lo peor.

Con minuciosidad, pero sin perder tiempo, examiné cada rincón de la vivienda, procurando no dejarme ningún rincón sin registrar. No obstante, no las encontré en ninguna de las estancias de la vivienda, como tampoco hallé rastro alguno de violencia. Pero, aquello, más que tranquilizarme, no hizo más que acrecentar mi miedo.

El arma reglamentaria, que había desenfundado sin siquiera percatarme de dicha acción, se deslizaba levemente entre mis sudorosos dedos, como si los hubiese sumergido en aceite. El malestar y un horrible sentimiento de fatalidad me envolvían cada vez más, conforme me adentraba en lo que, hasta hacía un par de horas, era mi hogar, el lugar en el que me refugiaba con mis *mujercitas*, como solía llamarlas.

Cuando agoté hasta la última posibilidad, me encaminé hacia el dormitorio matrimonial, el último cuarto que me quedaba por revisar.

Al acercarme a la puerta, todas mis alarmas se encendieron y comenzaron a gritarme, suplicantes, que me alejara de allí cuanto antes, advirtiéndome de que lo que encontraría allí sería lo último que desearía ver en la vida.

Sí, por supuesto, podría haberles pedido a mis compañeros que se encargaran de registrar aquella última habitación. Ellos me habían seguido mis pasos en silencio, cubriéndome las espaldas. No obstante, sentía la imperiosa necesidad, sin saber por qué, de verlo con mis propios ojos.

Con una inusitada calma, tomé el pomo de la puerta y lo hice girar. Cerré los ojos por un milisegundo y, tras una profunda inspiración, empujé.

En efecto, la imagen que me aguardaba del otro lado de la puerta, me revolvió el estómago, al punto de obligarme a expulsar todo el contenido, como no hacía desde mis tiempos como novato.

Mi alma escapó de mi cuerpo.

Mi vida se desmoronó en ese instante.

Ingrid y Emma yacían sobre la cama, hechas un amasijo de extremidades, órganos, cabello y sangre, despojadas de sus pieles. Sí, habían sido desolladas y descuartizadas, al igual que las otras pobres siete mujeres que habíamos hallado durante los últimos treinta días. Sin embargo, en esta ocasión, algo había cambiado, no era yo quien tenía que comunicar una noticia devastadora y ver como la familia de la víctima se desmoronaba. No, en ese momento, era mi vida la que se iba a pique.

No cabía ni la más mínima duda de que aquello era obra de aquel enfermo, de ese maldito monstruo que jamás debería haber salido de las entrañas del averno. Sí, sin dudas, esa era su firma, su sello personal, y me estaba declarando la guerra. Una guerra que no iba a permitir que ganase. No, la muerte de Ingrid y Emma no sería en vano.

En ese momento, me hice un juramento: daría con ese *infeliz*, aunque dejara mi vida en ello.

Luego de un par de eternos minutos, en los que permanecí petrificado, observando aquella devastadora escena, me di media vuelta y corrí hacia el exterior.

Beate y Alex se limitaron a dejarme a hacer, mientras observaban como me dirigía hacia la entrada, golpeando todo lo que se encontrara a mi paso.

Necesitaba descargar mi frustración, mi ira, mi dolor…

Una vez llegué a la calle, corrí, corrí y corrí, hasta que mis pulmones comenzaron a arder, obligándome a detenerme y doblarme por la mitad, con las manos sobre las rodillas. Mientras las lágrimas recorrían mis mejillas y procuraba recuperar el aliento, repetí mi juramento: no pararía hasta dar con él.

Aún no he sido capaz de cumplir con mi promesa, pero sé que, tarde o temprano, lo lograré. No importa cuánto tarde en llevarlo a cabo. Puedo esperar años, si es necesario. Puedo esperar todo el tiempo que sea necesario. Durante los últimos doce meses, aquel infeliz no se ha dejado ver y ningún otro cadáver ha aparecido con su marca personal, con su firma. No obstante, sé que sigue ahí a la espera de que llegue a él y me deshaga de él, tal y como él hizo con las siete mujeres y mi esposa y mi hija.

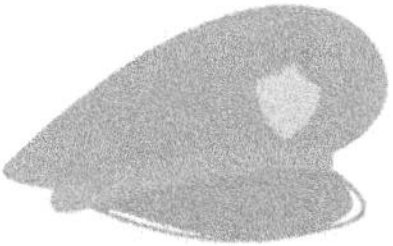

Inspiro profundo y me enjugo las lágrimas que he derramado inconscientemente, mientras recuerdo aquel maldito y funesto día.

Después de un año, aún continúo sumida en la oscuridad, una oscuridad de la que soy incapaz de salir.

Físicamente, permanezco vivo, y me muestro ante los demás como un hombre fuerte. No soy lo suficientemente cobarde o valiente, depende de cómo se lo mire, como para acabar con mi vida. Mucho menos, cuando aún tengo una promesa que cumplir. No obstante, no hay nada peor que estar muerto en vida.

Me incorporo en el sofá, en el que he pasado las últimas cinco horas, y tomo una diminuta pastilla de entre todos los blísteres de medicamentos que me han recetado, y la deposito en mi boca, antes de llevarme a los labios la botella de *whisky*; con el fin de intensificar el efecto de las drogas.

Siento como el líquido arrastra la píldora hasta mi estómago, pero, en lugar de permitir que todos los fantasmas desaparezcan, lo único que logra es convencerme aún más de que estoy irremediablemente perdido.

Soy plenamente consciente de que el abuso de esta mezcla de antidepresivos y de alcohol pueden acabar con mi vida, antes de que pueda acabar con la de ese maldito hijo de puta; sin embargo, eso es lo que una parte de mí desea, aunque procure ignorarlo.

Poco a poco, los efectos comienzan a aparecer en mi cuerpo y me dejo envolver por esa sensación de que nada me importa, hasta quedarme dormido. Sin embargo, mientras lo hago, no puedo evitar oír esa maldita vocecilla que me ruega:

«Por favor, no despiertes».

AMBICIÓN

«La ambición por tener poder y dinero,
muchas veces sirve de tapadera
de carencias que no pueden adquirirse
como los bienes materiales».
Fernando Savater.

AMBICIÓN

La primera tormenta de aquel caluroso verano estaba a ton solo unos minutos de desatar su furia sobre la ciudad, sin embargo, Azul continuaba completamente inmóvil, sumida en sus pensamientos. Acababa de tomar una decisión, a la cual le había dado vuelta durante las últimas cuatro semanas, pero no hallaba el valor suficiente para levantarse de la mecedora, en la que había pasado las últimas cuatro horas, y hacer aquel cambio en su vida que, creía, tanto necesitaba.

Las primeras gotas comenzaron a caer, empapando el jardín delantero de la casa, aquel espacio que, después de su habitación, le permitía pensar con claridad y, con un poco de suerte, encontrarse a sí misma.

—Ya, Azul, ya te has decidido. Es momento de que te pongas en marcha —se dijo, dándose ánimos—. Sabes muy bien qué es lo que quieres y que es lo correcto para ti, en estos momentos. Así que deja de actuar como una imbécil y haz el cambio que deseas.

Soltó un largo y profundo suspiro, mientras se ponía de pie, y se dirigió hacia el interior de la vivienda.

Tenía que ser sincera, sobre todo consigo misma: los cambios le producían un miedo atroz, a pesar de que su zona de confort la hacían inmensamente infeliz. No obstante, a pesar de sus miedos, necesitaba salir de allí, respirar nuevos aires, ver otras personas…, en definitiva, necesitaba cambiar su vida. Por ello, había decidido mudarse a la antigua casa de cambo que su padre había hecho construir y en las sierras de la provincia. Aquel sitio, había sido el único lugar sobre la tierra que, en algún momento, había llegado a considerar su hogar. La antigua casona la estaba esperando, y ella, feliz aunque temerosa, se despediría de la sofocante ciudad, para reencontrarse con aquel sitio que tanta paz le transmitía.

Intentando darle la menor cantidad de vueltas a su decisión —de lo contrario se arrepentiría—, entró a su habitación, tomó la maleta, que tenía apoyada contra una de las patas del enorme escritorio color caoba que su padre le había obsequiado por su quinceavo cumpleaños, y la depositó sobre la cama. A continuación, abrió el armario, de cuyo interior sacó todo aquello que consideraba indispensable llevar con ella, para comenzar su nueva vida. El portátil, sus libros favoritos y una buena cantidad de ropa cómoda se encontraban entre sus prioridades.

Cuando acabó de meter todo dentro de la maleta, esta se encontraba a rebosar, aun cuando consideraba que llevaba prácticamente nada. Inspiró profundo y, sin saber qué más hacer, se sentó a horcajadas sobre la valija y, no sin esfuerzo, por fin logró cerrar la bendita cremallera.

Agitada por el esfuerzo, se bajó de la cama y tomó su cartera, su móvil y las llaves de la casa y las introdujo en el único bolso que había decidido llevar consigo, antes de colgárselo al hombro.

Una vez escaneó toda la habitación, intentando cerciorarse de que no se olvidaba de nada, tomó la maleta con una mano y la mochila con el portátil con la otra y se encaminó hacia el coche. La lluvia, que había aumentado en intensidad, la empapó de pies a cabeza; sin embargo, ignoró esto por completo. Aquello era lo que menos le importaba en esos momentos.

Con calma, pero a toda prisa, procurando no arrepentirse de lo que estaba por hacer, colocó el equipaje en el asiento trasero del automóvil, antes de montarse tras el volante.

—Qué sencillo resulta cambiar el rumbo —dijo en un suspiro, mientras colocaba la llave en el contacto del coche, y se detuvo unos segundos, observando como las gotas impactaban contra el parabrisas—. Quizás debería llamarlo… —agregó, en voz alta, pensando en el dolor de cabeza que le produciría que su hermano no supiera de su decisión.

Sin muchos ánimos de hacer lo que estaba a punto de llevar a cabo, se descolgó el bolso, que aún llevaba al hombro, lo depositó sobre su regazo y comenzó a rebuscar en su interior. Tras sacar una ingente cantidad de papeles, maquillajes, envoltorios de caramelos y diversos artículos de dudosa procedencia, logró dar con el bendito teléfono. Al encenderlo, una enorme cantidad de mensajes y de notificaciones de llamadas hicieron que el aparato se congelara.

Azul blanqueó los ojos y suspiró.

Cuando por fin pudo comprobar quién había intentado comunicarse con ella, cerró los ojos e inhalo profundamente. Era más que obvio. ¿Quién más que Franco, su *querido* y *adorado* hermano, podía atosigarla de aquella manera?

Suspirando, una vez más, abrió la aplicación de contactos, en busca del número de Franco y le dio a la opción de llamada.

—**¡Ya era hora!** —gritó, una vez que se estableció la conexión—. ¿Dónde diablos te habías metido? ¿Estás bien?

—Franco…, verás…, no te preocupes por mí, estoy más que bien —dijo con voz cansada—. Solo te llamo para avisarte que saldré de viaje. Me iré a la casa de las sierras.

Azul era consciente de que, avisándole con tan poca antelación, no hacía más que jugar con fuego. Era más que probable que su hermano no tomase bien aquella noticia. Sin embargo, si quería cambiar su vida, tenía que comenzar por perderle el miedo a Franco. Si quería enojarse, que lo hiciera, ese no tenía por qué ser su problema. Ella necesitaba un cambio en su vida, y dejar de ser una marioneta de su hermano mayor, era el primer paso.

—¿Qué? ¿Cómo es eso de que te marchas? —inquirió—. Tenemos que ver lo del testamento; el cual, por cierto, ya he leído y me gustaría comentar contigo.

—Lo siento, Franco, pero en estos momentos lo que menos quiero es pensar en el testamento de papá —respondió, con brusquedad. Estaba harta de que, hasta estando muerto, su padre se las apañara para que ella permaneciera en la ciudad—. Necesito un respiro y eso es lo que haré. Que quede claro que no te estaba pidiendo tu consentimiento, tan solo te estaba informando para que no te asustaras por mi ausencia.

—Está bien, entiendo. Aunque imagino que será por poco tiempo. No puedes dejarme solo con el estudio jurídico. Además, el testamento no puede esperar eternamente. —El silencio se adueñó de la línea. ¿Qué diablos quería que le respondiera? —Azul, por el amor de Dios, contesta.

La muchacha inspiró profundamente, llamándose a la calma y dijo:

—Veo que no nos estamos entendiendo, Franco. Pero, disculpa, quizás es mi culpa por no ser del todo clara. —Suspiró, armándose de paciencia—. Mira, lo que tienes que entender es que me marcho por tiempo indefinido. Necesito descansar, rehacer mi vida… —Se interrumpió—. Pero ¿qué demonios estoy haciendo? No tengo por qué darte explicaciones. Me voy, eso es todo.

—No, no puedes hacerme esto. No en este momento en el que hay tanto por hacer. El testamento, la sucesión… —enumeró, mientras su respiración se tornaba dificultosa. Azul podía imaginar a la perfección como la vena de la frente de su hermano comenzaba a aumentar, poco a poco, de tamaño—. ¿Cuándo me lo pensabas comunicar? —inquirió, al cabo de un momento.

—En primer lugar: cálmate; en segundo lugar: lo acabo de decidir y te lo estoy comunicando en este preciso momento, así que no tienes nada que reprocharme. Ah, y en tercer lugar: deja de comportarte como un maldito imbécil. Haznos ese favor.

—Sabes muy bien que *él* no deseaba esto —dijo, resignado.

—Lo que papá siempre quiso fue controlarme y eso fue lo que hizo siempre, pero, ahora que no está, no permitiré que tú me controles por él. Siempre esperó de mí cosas que yo no quería ni podía cumplir. Si no pude contentarlo en vida…, ¿por qué rayos lo haría después de muerto? —respondió—. Ha llegado la hora de que comience a pensar por mí misma y deje de depender de los demás. Si lo que buscas es hacerme cambiar de opinión, desde ya te advierto de que no lo lograrás. —Franco guardó silencio—. Adiós, hermano —agregó Azul, cortando la comunicación.

Tenía que reconocer que no había sido fácil despedirse de su hermano, mucho menos en esos términos, pero, por una vez en la vida, tal y como le había dicho, quería ser ella quien tomara las decisiones de qué hacer o no con su vida.

Sintiéndose agotada, física y mentalmente, tomó uno de los cigarros del paquete que siempre guardaba en la guantera del coche y lo encendió, dándole una profunda calda. Cerró los ojos, mientras el humo inundaba sus pulmones y, al abrirlos, puso en marcha el vehículo, lanzándose, de una vez por todas, a la aventura de cambiar su existencia.

A los pocos kilómetros del punto de partida, el medidor de combustible comenzó a parpadear, alertándola de que había comenzado a consumir los litros de reserva. Sin ganas de hacer aquella parada, viró hacia la izquierda, desviándose por una callejuela paralela a la carretera, la cual conducía hacia la gasolinera más cercana.

Una vez allí, se apeó del coche, mientras sus pensamientos se enfocaban en su destino, recordándole que no había llamado a Estela. Tenía que notificarle sobre su llegada o, de lo contrario, tendría que soportar el enojo de la pobre mujer. Tomó el móvil del interior de su bolso y, tras buscar entre sus contactos, le dio a la opción de llamada.

La conversación con Estela, la mujer que se encargaba de la casona, no duró más que un breve minuto, pero para Azul fue más que satisfactorio oír la voz de la mujer a la que consideraba como una madre y saber que esta estaba más que feliz por recibirla, aun habiéndole avisado de su llegada con tan poco margen de tiempo.

Estela se había convertido en lo más parecido a una madre, tras la muerte de su progenitora, cuando ella contaba con tan solo cinco años de edad. Tras el funeral de María, su madre biológica, su padre había tomado la decisión de que la mujer se mudase con ellos para cuidar de los pequeños. Él, según sus propias palabras, no se consideraba capaz de cuidar y de educar a sus hijos; lo cual era una sutil manera de desligarse de ellos por completo.

Luego de más de diez años viviendo en la ciudad, y agobiada por aquella vida, el ama de llaves, viendo que los *niños* ya eran lo suficientemente adultos como para valerse por sí mismos, había decidido volver a su adorada sierra y continuar con sus tareas allí: hacerse cargo de los quehaceres domésticos y de mantenimiento de la casona de los Castillo, además de administrar la propiedad y las tierras, para que estas no perdieran su valor, ni se fueran a pique.

Mientras Azul divagaba por los recuerdos, alguien le tocó el hombro y la obligó a darse la vuelta, sobresaltada.

Quien reclamaba su atención no era más que el dependiente de la gasolinera, quien esperaba, con una mano tendida hacia ella, que abonara el combustible. Con una sonrisa forzada, Azul depositó en la mano del joven una tarjeta de crédito, para que este pudiese proceder a cobrarle.

La lluvia continuaba repiqueteando, incansable, sobre la carrocería del coche, mientas Azul conducía hacia la mansión con precaución, procurando evitar cualquier posible accidente, por culpa de la resbaladiza calzada.

Cuando por fin fue capaz de distinguir en el horizonte la enorme edificación de su familia, la cual se erigía en el punto más alto del pueblo, la invadió una placentera sensación de libertad y de añoranza. Al acercarse a la construcción, a pesar de su miopía, pudo distinguir la silueta de Estela, quien la esperaba, pacientemente, junto a la puerta de entrada.

En cuanto atravesó el enorme portón de hierro, aparcó de cualquier manera frente a la fachada de la mansión, se colocó la chaqueta —la temperatura había descendido lo suficiente como para que se le encresparan los vellos de los brazos, tomó su bolso, el cual colgó de su hombro y se apeó del vehículo. El ama de llaves se acercó a ella con pasos cortos y veloces y, al llegar junto a la muchacha, la estrechó en un fuerte abrazo.

Cuando por fin la soltó, la mujer se alejó un par de pasos y la observó con detenimiento.

—**¡Qué delgada estás!** —exclamó, entrecerrando los—. Aunque, por lo demás, estás igual que siempre. Es como si el tiempo no hubiese pasado por ti.

—Pues tú estás igual que la última vez que nos vimos —respondió Azul, son una sonrisa—. Ya me gustaría llegar a tu edad con esas energías y esa vitalidad.

—**¿Me estás llamando vieja?** —preguntó Estela.

Azul, no pudo evitar soltar una sonora carcajada, contagiando a la mujer.

—Ya, fuera de bromas —continuó la mujer, cuando se recompuso de la risa—. Sé que no te gusta que te lo diga, pero realmente estás muy delgada. **¿Acaso** en la ciudad no tienen buena comida? ¿O es que sigues alimentándote a base de porquerías para evitar cocinar?

—Pues... —titubeó, con una sonrisa forzada.

—Ya decía yo. Seguro que, a veces, ni siquiera comes —le reprochó.

Admitir ante Estela que no te alimentabas de la mejor manera, era como decirle que el mismísimo Papa era un terrorista infiltrado en el Vaticano.

—¡Vamos, entra! —la apremió—. Te prepararé una buena cena para que dejes de estar en los huesos.

—No te… —comenzó a decir Azul, en el mismo momento en el que la mano de la mujer se posó sobre sus labios, silenciándola.

—Ni se te ocurra decir nada, ¿entendido?

Azul sonrió y asintió. Si existía algo que no tenía sentido, eso era discutir con Estela.

Después de la apetitosa cena, durante la cual ambas mujeres se dedicaron a ponerse al día sobre los últimos acontecimientos de sus vidas, Azul comenzó a sentir como el tiempo que había pasado en el coche comenzaba a pasarle factura. El cansancio comenzaba a apoderarse de ella, poco a poco, logrando que los párpados le pesaran cada vez más.

—Estás cansada, mi niña. No es para menos —dijo Estela, al percatarse del estado en el que se encontraba la muchacha—. Lo mejor es que tomes un baño y descanses; ya tendremos tiempo para hablar —agregó, levantándose de su asiento y acercándose a Azul—. Hay algo de lo que necesito que hablemos, pero lo mejor es que sea mañana, cuando hayas descansado.

—¿Cómo? ¿De qué hablas? —inquirió, repentinamente despierta—. Cuéntame —pidió. No había nada que detestara más que quedarse con la intriga.

—Mañana —repuso Estela con una sonrisa—. Cuando estés más descansada, te lo diré todo —añadió, mientras tomaba los platos y los llevaba hacia el fregadero.

Azul inspiró profundamente, armándose de paciencia y respondió:

—Como gustes.

Sabía de sobra que más le valía hacerle caso. No tenía sentido discutir con ella, mucho menos cuando, en verdad, se sentía tan cansada.

Con pies de plomo, se encaminó hacia el cuarto que antaño había sido de su padre y que, ahora, había decidido que sería el suyo. Desde pequeña había amado aquella habitación. Las vistas que podía disfrutar a través de la ventana la llenaban de paz, y eso era lo que más necesitaba en esos momentos, por algo se encontraba allí, ¿no?

La estancia se encontraba tal cual la recordaba, aunque, tal y como le había pedido a Estela, ya no poseía ni el más mínimo rastro de su padre. Era como si este jamás hubiese utilizado aquella habitación.

Sonriendo ante esta última constatación, se encaminó al baño y abrió el grifo de agua caliente de la bañera, para que esta fuese llenándose mientras ella se encargaba de deshacer la maleta.

Luego de dejar uno de sus pijamas favoritos sobre la cama, se desvistió y regresó al baño, dispuesta a relajarse.

Una vez en el interior de la bañera, su cuerpo, sumergido casi por completo en el agua caliente, fue destensándose, lentamente, hasta que, sin darse cuenta, Azul se sumergió en un delicioso sueño.

Tras media hora de inmersión, el frío producto del agua helada, la obligó a salir de su duermevela.

Temblando de pies a cabeza, salió de la bañera y se envolvió en una de las blancas batas, en cuyo pecho llevaban bordadas las iniciales de su padre. Al parecer, eso era lo único de lo que Estela no había logrado deshacerse.

Adormilada y completamente helada, se dirigió hacia el dormitorio y, tras secarse a consciencia y de colocarse el pijama, se introdujo bajo las mantas de la enorme cama con dosel.

No tardó mucho tiempo en caer en los brazos de Morfeo, los cuales la envolvieron, cobijándola en un sueño reparador.

Aquella era la primera vez, en Dios sabe cuánto tiempo, que lograba conciliar el sueño tan rápidamente.

Un fuerte golpe en la maciza puerta de roble francés la hizo incorporarse en la cama a toda velocidad. La luz de pasado el mediodía inundaba la habitación, obligándola a entornar los ojos. La noche anterior, presa del cansancio, había olvidado por completo cerrar las pesadas cortinas.

—**¿Sí?**

—**¿Azul? ¿Puedo pasar?** —preguntó Estela con voz titubeante.

—Claro, pasa —respondió, sentándose en la cama.

La puerta se abrió, lentamente, dando paso a la mujer, quien hacía lo imposible para mantener el equilibrio de todo lo que transportaba sobre una bandeja color plata.

Azul sonrió. Estela continuaba siendo la misma de siempre. No importaba cuántos años pasaran, aquella mujer no cambiaría jamás.

—Toma, niña. Come —dijo, depositando el desayuno sobre las piernas de la muchacha.

—Sí, señora —respondió Azul, divertida, mientras se llevaba la mano a la frente e imitaba un saludo militar.

La anciana sonrió meneando la cabeza. Amaba a esa muchacha como si de su propia hija se tratara.

Sin prácticamente intercambiar palabras, Azul devoró hasta la última miga de las tostadas con mermelada que Estela había preparado para ella, como si aquella fuera la primera vez que probara semejante manjar, mientras la mujer la observaba, pensativa, con las manos entrelazadas sobre su regazo.

—¿Y bien…? —preguntó Azul, cuando terminó de desayunar, mientras depositaba la bandeja vacía sobre la mesilla de noche.

—**¿Cómo?** —inquirió Estela, frunciendo el ceño. Sin embargo, sabía muy bien a qué se refería la muchacha. No obstante, aún no se sentía del todo cómoda con la idea de confesarle aquello que había guardado por tantos años. Aunque, a decir verdad, lo que más temía de hacerlo era ver la reacción de la joven a la que tanto quería.

—Anoche, me dijiste que querías hablar conmigo. ¿Me lo dirás de una vez, o te lo tendré que sacar con tirabuzón?

Estela la observó por un par de segundos, antes de animarse a hablar:

—Verás… Lo que tengo para decirte no es nada fácil para mí. —Suspiró, posando su mirada sobre su regazo—. Mi niña, antes de que te diga nada, quiero que me prometas que, sea lo que sea que te cuenta, sabrás comprenderlo y no me odiarás por ello. ¿Me lo prometes? —preguntó, alzando la vista hacia Azul, con timidez.

—Anda, ya cuéntamelo de una vez. ¿Por qué tanto misterio? —Frunció el ceño.

—Prométemelo.

—Está bieeeen, te lo prometo —dijo, volteando los ojos al cielo.

Estela cerró los ojos por un segundo y, tras soltar un largo suspiro, comenzó a decir:

—Tu padre… —titubeó. ¿Cómo diablos podía comunicarle aquello, sin que la muchacha se ofendiera?

—¿Qué es lo que sucede con él? —«¿Es que, en verdad, no me dejará en paz ni después de muerto?», se preguntó.

—Oh —Suspiró Estela—, está bien, lo diré de una buena vez. —Tragó saliva—. La verdad es que tu padre… —dijo, intentando hallar las palabras correctas—. Bien, Azu, tienes una hermana.

—**¿Perdona?** —preguntó, incrédula—. ¿He escuchado bien? ¿Has dicho que tengo una hermana?

—Así es —confirmó.

—Por favor, ¿podrías explicarme? —pidió, entrecerrando los ojos. Sin lugar a dudas, aquello era lo último que esperaba oír de boca de Estela.

—Pues es eso. Tienes una hermana mayor que tú. Bueno, es tan solo *unos meses* mayor —explicó, encogiéndose de hombros—. Tu padre mantuvo una relación extramatrimonial, y tu madre y *esa* mujer tuvieron una hija cada una, prácticamente, al mismo tiempo.

Azul frunció el ceño, pensativa.

—Espera, espera, espera —dijo, al cabo de un momento—. Eso de que papá engañaba a mamá es de conocimiento popular. No me sorprende, en lo más mínimo, qué quieres que te diga. Incluso, te diré que eso de que tenga un hijo, en este caso una hija, fuera del matrimonio, tampoco me sorprende. —Se mordió el labio superior—. Lo que no logro comprender es por qué me estás diciendo esto ahora. Si él quería que lo supiera, ¿por qué no me lo contó? —Estela abrió la boca para contestar, pero la cerró de inmediato, al ver el gesto negativo de la muchacha—. Espera, ¿tú sabes quién es esa mujer?

—Sinceramente, opino lo mismo que tú; él tendría que habértelo confesado en vida, sin embargo, lo hecho, hecho está y no le podemos exigir nada. Aun así, creo que mereces saberlo. —Asintió casi imperceptiblemente, mientras apretaba los labios—. Él siempre pidió que ni tú ni tu hermano lo supieran. Y, aunque me hago una leve idea de por qué, desconozco sus verdaderos motivos. Y, a pesar de ello, yo… yo lo respeté. —Posó una envejecida mano sobre la pierna de Azul—. Y en cuanto a tu última pregunta… sí, conozco a esa mujer, y también a su hija.

—Pues, siendo así, dime, por favor, quiénes son —pidió, acomodándose en la cama.

—A la mujer la tienes frente a ti —respondió Estela, desviando la mirada.

—**¿Tú?** —preguntó Azul, desconcertada—. ¿Lo dices en serio?

—Perdóname —se disculpó la mujer, a pesar de que Azul lo estaba tomando muchísimo mejor de lo que había esperado.

Azul miró a Estela por un momento y suspiró.

—No tienes por qué pedir perdón y yo no tengo nada que perdonarte. Quien debería haberse disculpado ya está muerto. Y, ¿quién soy yo para juzgarte a ti? —dijo, levantándose de la cama y enfrentándose a la mujer—. No me sorprende. Realmente. Aunque, sí tengo que ser sincera, no me esperaba que esto fuera lo que tenías para decirme. —Sonrió—. Además, si he de tener una hermana, ¿qué mejor madre para ella que tú? En cuanto a lo que haya hecho o dejado de hacer mi padre, me tuvo y me tendrá siempre sin cuidado. —La estrechó en un abrazo.

Las lágrimas comenzaron a rodar por el rostro de Estela. De entre todo lo que se había imaginado oír de parte de Azul, aquello era lo último que se hubiese atrevido a soñar, por lo que, sin poder evitarlo, se pellizcó el antebrazo.

—**¿Qué haces?** —preguntó, Azul, desconcertada.

—Pellizcarme. Siento que estoy soñando —contestó, sonriendo.

Azul rio.

—**¿Es en serio? ¿Acaso pensabas que me enojaría?** —La mujer asintió, mientras la muchacha soltaba una nueva carcajada, antes de agregar—: No seas boba, ya lo dije, ¿quién soy yo para juzgar? Anoche te dije que la decisión de venir aquí fue porque necesitaba un cambio, necesitaba dejar de ser la que era. Bueno, esta soy yo. No soy un juez, y, aunque lo fuera, no puedo juzgar las relaciones personales de cada uno. Aunque… —La señaló con el dedo índice—, no te salvarás de una última pregunta.

—Claro. Pregunta —dijo la mujer, mucho más relajada.

—**¿Puedo conocerla?** A tu hija, digo. Siempre he querido tener una hermana. Aunque en mis pensamientos no sucedía de esta manera…, no quiero perder la oportunidad de conocerla. —Sonrió.

—Pues… Eso mismo iba a… —Su voz se quebró producto de la emoción.

—Pues sí. Ya lo sabes. Llámala.

Sin esperar a que se lo pidiera una vez más, o, tal vez, de que se arrepintiera, Estela se levantó de un salto y salió de la habitación, enjugándose las lágrimas. Un par de minutos más tardes, regresó a la habitación, acompañada de una hermosa joven que, tal y como le había dicho a Azul, aparentaba tener su edad.

Azul la observó de la cabeza a los pies, buscando y notando, sin muchos problemas, ciertos rasgos similares entre ambas. Mientras que la nariz y la boca de la muchacha eran idénticas a las de Estela, Azul y la joven compartían los mismos y expresivos ojos azules.

—Azul, ella es Ámbar. Ámbar, cariño, ella es Azul —dijo, alternando la mirada entre ambas muchachas, a modo de presentación.

Durante un minuto que les resultó eterno, ninguna fue capaz de reaccionar. Se estudiaron la una a la otra, con detenimiento, sin perderse ni el más mínimo detalle. Tras aquel minucioso escrutinio, se acercaron lentamente y se saludaron con un tímido beso en la mejilla.

Azul observó a su recién conocida hermana, antes de enfocar su mirada en Estela.

—**¿Cómo fuiste capaz de mantenerlo en secreto durante tantos años?** —preguntó, alzando las cejas—. ¡Veinticinco años! La verdad es que no me entra en la cabeza —concluyó, mirando a Ámbar, una vez más.

—Siempre he querido saber lo mismo —respondió la muchacha—. Pero ni a mí me lo ha querido decir. Tiene una voluntad de hierro.

—Ni que lo digas. —Rio Azul.

Mientras tanto, Estela era incapaz de procesar la escena que se desarrollaba ante sus ojos. Sus pequeñas, sus niñas, no solo se aceptaban desde el primer momento, sino que parecían compartir una complicidad, como si se hubieran conocido desde siempre.

—En serio, mujer, ¿cómo has podido aguantar tanto tiempo? ¿Cómo hiciste durante los diez años que cuidaste de mí?

—No fue para nada fácil, a decir verdad. Pero tu padre me lo pidió y yo no me pude negar —respondió, con una media sonrisa llena de nostalgia.

»**Mientras** yo me encargaba de ti, Ámbar quedó al cuidado de mi hermana menor, Juana, aun cuando ella jamás logró comprender la relación que yo mantenía con... su padre —dijo, alternando la mirada entre ambas muchachas—. Aun así, siempre estuvo para mí cuando la necesité. Sí, niñas, una vez más y como casi todo lo que he hecho en los últimos treinta años de mi vida, lo hice por Alberto. Aunque parezca absurdo, lo amaba, a pesar de que para él yo no era más que alguien con quien pasar el rato. Así y todo, lo respetaba, lo respetaba mucho. —Una nueva lágrima rodó por su mejilla derecha.

—¡Dios! ¡No lo puedo creer! —exclamó Azul y la observó boquiabierta antes de continuar—: No puedo imaginarme lo difícil que debe haber sido para ti... Bueno, para Juana, para Ámbar y para ti.

—Ni yo podría explicarlo, cielo. Pero, ahora, soy demasiado feliz viéndolas juntas. Siento que todo valió la pena. Porque, aunque tú, Azu, no eres mi hija, siempre te consideré una.

—Diablos —dijo Azul, más para sí misma que para las dos mujeres —cuando dije que quería que mi vida cambiara, no pensé que pudiese ser tan drástico. Ten cuidado con lo que deseas, dice el dicho, ¿no? —Ámbar y Estela rieron—. Esto es lo más extraño que me ha pasado jamás —agregó, mirando a su media hermana.

—No te imaginas lo que ha sido para mí —repuso Ámbar, ladeando la cabeza—. No te creas que me lo comunicó mucho antes que a ti. Sin embargo, pese a ello, presiento que nos llevaremos bien —agregó y sonrió.

Sin poder contenerse más, Estela dio por finalizada la conversación, lanzándose hacia ella y abrazándolas con fuerza.

Las semanas pasaron, una tras otra, a una velocidad de vértigo. Cuando Azul fue consciente del tiempo transcurrido, ya habían pasado poco menos de dos meses. Al no contar con responsabilidades, no le había prestado ni la más mínima atención al paso de las horas. Se mantenía la mayor parte del tiempo enfrascada en sus libros y escritos. Las historias danzaban en su mente al compás de una melodía que solo ella era capaz de oír y de comprender.

En cuanto a la relación con su medio hermana, poco a poco, fue fortaleciéndose, al punto de mantener una relación más que envidiable. Azul se sentía sumamente bien en su compañía. Jamás había imaginado que aquella decisión de cambiar el rumbo de su vida, y que tanto le había costado tomar, la llevaría a ese punto y la haría tan feliz.

Aquella mañana de finales de agosto, Azul se despertó con un horrible dolor de cabeza. No había bebido más que un par de vasos del *whisky* preferido de su padre, sin embargo, al parecer, eso, sumado a que el sol la había sorprendido enfrascada en una nueva historia, ahora le cobraban una insoportable jaqueca.

A regañadientes, se levantó de la cama y se vistió con la misma ropa que el día anterior. No tenía ni la más mínima gana de adecentarse. Se sentía terriblemente mal y la cabeza amenazaba con estallarle de un momento a otro.

Antes de salir de la habitación, miró el escritorio en el que había pasado la noche trabajando y observó que las colillas de los cigarrillos se amontonaban en el cenicero de cristal, formando una pequeña montaña amarilla.

—A este paso, no llegaré a los cuarenta —dijo, resignada.

Tomó el último «cilindro de la muerte», como lo llamaba Estela, y lo encendió, dándole una profunda calada.

Sabía de sobra que aquello no ayudaría a su malestar, pero, al igual que el primer café de la mañana, le permitía espabilar.

Con el cigarro colgado entre sus dedos índice y medio de la mano derecha, se dispuso a salir del dormitorio y a bajar las escaleras, con paso cansado, en dirección a la cocina, en busca de un buen y necesario café y un analgésico.

Al ingresar a la cocina, Azul vio que Ámbar se encontraba sentada a la mesa con una humeante taza entre las manos y una tostada frente a ella, a medio comer.

—¡Madre mía, pero qué cara tienes! —dijo su hermana, con tan solo un rápido vistazo.

—Noche de escritura, sobredosis de nicotina y de alcohol; nada del otro mundo —respondió, sarcástica, mientras tomaba el analgésico que había sacado del botiquín.

Depositó el vaso en el fregadero, se dirigió hacia la mesa y tomó asiento frente a Ámbar. Cruzó los brazos sobre el mueble de madera que las separaba y apoyó la cabeza sobre ellos, deseando que el analgésico hiciera un efecto rápido.

—¿No crees que lo mejor sería que descansaras? —preguntó su hermana, levantándose a por una taza de café que depositó frente a ella—. Toma. Está recién preparado.

—Pues no puedo. —Suspiró—. Esta es mi manera de *descansar.* —Se encogió de hombros, antes de tomar la taza de café y darle un sorbo—. Gracias.

—Linda manera de descansar tienes —dijo Ámbar, sentándose una vez más frente a Azul—. Por cierto, antes de que me olvide… Mamá me pidió que te comunicara que esta noche no volverá a dormir. Ha bajado al pueblo y se quedará el fin de semana en casa de mi tía Juana. Me preguntó si quería ir con ella, pero le dije que no, que prefería quedarme aquí contigo. Si no te incomoda, claro está.

Azul sonrió.

—Ella sí que merece un descanso —dijo, antes de llevarse la taza a los labios una vez más, saboreando el delicioso sabor del café—. Y por supuesto que no me molesta que te quedes conmigo, al contrario, aunque, siendo honestas, no soy la mejor compañía. —Rio, a desgana.

—Pero ¿qué dices? —Frunció el ceño—. Contigo me la paso más que bien. ¿Qué te parece? ¿Te apetece noche de chicas? Tengo un par de series en mi lista de Netflix que creo que pueden gustarte… —Sonrió, con complicidad.

Azul asintió y le dedicó una media sonrisa. Ámbar era todo lo que siempre había deseado, no solo era su hermana, sino que, sin que ninguna de las dos se diera cuenta, se había convertido en su mejor amiga.

La noche llegó acompañada de los primeros truenos y de las gotas de lluvia que Ámbar, «la meteoróloga» —como la había bautizado Azul—, había pronosticado.

Hacia la medianoche, la tormenta era tal que, producto de un rayo, la vivienda quedó completamente a oscuras.

—Creo que en algún sitio había un par de velas. La batería de mi móvil está a punto de morir —dijo Azul, mirando la pantalla del endemoniado aparato y encendiendo la linterna del mismo.

—Pues el mío no está mucho mejor, tengo el veinticinco por ciento —repuso su hermana, mostrando los dientes en un gesto de incomodidad.

—Pues vamos, entonces. Cuanto antes encontremos esas benditas velas, mejor —dijo Azul, poniéndose de pie.

Entre las dos comenzaron a revisar cada rincón de la enorme vivienda, hasta dar con un bendecido paquete de velas, pocos minutos antes de que las baterías de sus respectivos móviles decidieran dar su último suspiro de aliento.

A tientas, se dirigieron hacia la cocina y encendieron cuatro de las seis velas del paquete, para poder tener luz suficiente y poder verse las caras. Sin embargo, la luminosidad que irradiaban las velas hacía que sus rostros se vieran de una manera bastante tétrica. Sin saber qué hacer para matar el tiempo, decidieron contarse unas cuantas anécdotas de sus infancias, con el fin de conocerse un poco más.

Tras un par de horas de charla ininterrumpida, cuando la tormenta ya comenzaba a amainar, Azul observó la hora en su reloj de pulsera, el cual siempre llevaba consigo.

—Oye… —dijo, alzando la vista hacia su hermana—. Son más de las dos de la madrugada. Se me ha pasado el tiempo volando. —Sonrió y suspiró, antes de añadir—: Creo que, viendo que la luz no regresará hasta Dios sabe cuándo, lo mejor es que nos vayamos a la cama. Además, mira las velas… —agregó, observando dichos objetos, que se habían consumido prácticamente en su totalidad.

—¿No te gustaría que hiciéramos una «pijamada»? —**preguntó Ámbar y Azul pudo notar que el temor en su voz.**

—¿Te da miedo la oscuridad? —preguntó, más para constatar un hecho que para burlarse de ella. La muchacha asintió—. Está bien, si quieres, puedes dormir conmigo. Eso sí, lo único que me debes prometer es que… —La frase se vio interrumpida por un sonoro golpe, que las hizo saltar en sus respectivos asientos.

Alertadas por el ruido, cuya procedencia desconocían, se observaron con los ojos abiertos de par en par y con el terror grabado en sus rostros.

—**¿Qué… qué ha sido eso?** —preguntó Ámbar en un susurro.

Azul se llevó un dedo a los labios, en una clara señal de que guardara silencio, se incorporó de la silla y se encaminó hacia la ventana, desde la cual podía observar la parte posterior de la vivienda. Por un segundo, fue capaz de visualizar una silueta que se alejaba hacia la arboleda que se encontraba detrás de la mansión, gracias a un débil rayo de luna.

No podía asegurar de quién se trataba, pero si algo no podía negar era que no cabía dudas de que era una persona. ¿Quién diablos podía ser?, pero, sobre todo, ¿qué había provocado el sonido que las había sobresaltado?

Haciendo un enorme esfuerzo para apartar el temor de su cuerpo, intentó pensar con lógica, mientras sus instintos clamaban a gritos que aquel ser humano no estaba allí en *son de paz*.

Mientras su cabeza carburaba a toda marcha, buscando una explicación a lo que acababa de suceder y de ver, Ámbar se mordía las uñas, haciéndose daño.

Ignorando a su hermana, Azul se apartó de la ventana y se acercó a la puerta trasera.

—¿Qué haces? —preguntó Ámbar, adivinando las intenciones de la joven.

—Echaré un vistazo —respondió, mientras hacía girar la llave en la cerradura, no sin antes colocar el pasador de la puerta.

—No salgas —repuso con voz temblorosa.

—No te preocupes, no lo haré; solo quiero ver… —la tranquilizó, abriendo la puerta, tanto como le permitía la cadena que había puesto.

El corazón le latía a toda velocidad, a pesar de la calma que procuraba aparentar frente a Ámbar. No sabía dónde estaba en aquellos momentos el dueño de la sombra que había alcanzado a ver, a través de la ventana. Según las pocas teorías que había logrado elaborar, podría tranquilamente haber rodeado la vivienda, permaneciendo en las sombras, a la espera de que ella se aventurara al exterior. Aun así, decidió asomarse un poco más.

No obstante, lo que vio hizo que profiriera un desgarrador grito, helando la sangre de su hermana, quien, instintivamente, la tomó por el antebrazo y jaló de ella hacia el interior.

—¿Qué diablos…? —murmuró Azul, corriendo hacia el fregadero, en donde dejó escapar todo el contenido de su estómago.

¿Quién mierda era capaz de hacer algo así?

Sin encontrar respuesta, se dejó caer al suelo, con la espalda apoyada contra la parte baja de la encimera.

—¿Qué sucede? ¿Qué viste? —la interrogó Ámbar, cuyos ojos parecían a punto de salírsele de las órbitas.

Azul intentó responder, pero las palabras se le atoraban en la garganta.

Luego de un par de minutos, inspiró profundo y, con todo el asco, la repulsión y el miedo del mundo, abrió la boca.

—Tenemos que… —Se obligó a interrumpirse, cuando le sobrevino una nueva arcada que la hizo doblarse a la mitad e inspirar profundamente, para tranquilizarse—. Tenemos que… —repitió, mas el sabor amargo de la bilis que le subía hasta la garganta, cada vez que pensaba en lo que acababa de ver, no le permitía continuar.

—**¡Dilo de una vez**, por el amor de Dios! —gritó su hermana.

—Tenemos que llamar a la Policía —logró decir, por fin.

—¿Por qué? —preguntó Ámbar, frunciendo el ceño—. Dime, ¿qué viste? —Azul negó con la cabeza. No sabía cómo demonios poner en palabras aquella imagen—. Si no me lo dices, es inútil que llame a la policía. Sí, claro, puedo decir que oímos un ruido, pero… si has visto algo más… —Suspiró—. Si no me lo dices de una buena vez, tendré que ir a verlo por mí misma —la amenazó.

—Ha-ha-han —tartamudeó. Inspiró profundo y lo volvió a intentar—: Han dejado la cabeza de un gato en la puerta — dijo, estremeciéndose de pies a cabeza—. Ese fue el sonido que oímos. Alguien dejó caer la cabeza. Frente a la puerta — repitió.

—¡¿Qué?! —exclamó Ámbar, horrorizada—. ¿Estás segura de lo que estás diciendo? Puede que haya sido…

—No, no han sido imaginaciones mías. Te lo juro. Estoy muy segura de lo que vi… —dijo y cerró los ojos, mientras inhalaba y exhalaba con lentitud, intentando calmarse.

Ámbar no necesitó ni una palabra más para correr hacia el teléfono de línea, dado que sus móviles, en ese momento, no eran más que un trozo de metal y plástico completamente inservibles.

Un minuto más tarde, Azul la vio atravesar la puerta de la cocina y acercarse a ella. El terror en su rostro era mayor.

—**Ámbar...**, ¿qué sucede?

La muchacha negó con la cabeza.

—Dime qué sucede. Por favor, no me asustes más de lo que ya lo estoy.

—El teléfono... —Carraspeó—. No hay línea. Al parecer la tormenta se ha cargado el cableado eléctrico y el de la línea telefónica.

—**¿Qué?** —Sus ojos se abrieron de par en par. No, no podía ser cierto.

—Eso, no hay línea. No puedo llamar a la policía... a nadie a decir verdad —repuso, sorbiendo por la nariz, mientras las lágrimas recorrían sus mejillas—. Estamos totalmente incomunicadas.

Ante las palabras de su hermana, Azul se incorporó con brusquedad y, tomando una de las velas que aún permanecía encendida, puso rumbo hacia el salón.

—**¿Qué haces? ¿A dónde vas?** —preguntó Ámbar, siguiéndola.

—No queda más remedio que revisar toda la puta casas —dijo, con los nervios de punta—. No me quedaré sin hacer nada. Alguien anda rondando la vivienda y quiero... —Suspiró—. Necesito cerciorarme de que estamos realmente solas. No sabemos quién dejó esa maldita cabeza en la puerta del patio, pero si hay algo que sé es que pretende asustarnos, como mínimo —agregó, mientras tomaba el atizador de la chimenea, con la intención de defenderse con él de ser necesario—. Tenemos que asegurarnos de que no ha entrado en la casa.

—¿No sería mejor que cerrásemos las puertas y las ventanas? —inquirió Ámbar, imitando a su hermana y tomando un candelabro antiguo, que reposaba sobre la balda de la chimenea.

—Si, quien sea que está intentando asustarnos, ha logrado colarse en la vivienda, creo que lo mejor es que no nos encerremos.

—Está bien, tienes razón —reconoció.

Ambas, armadas y reuniendo todo el valor que poseían, subieron las escaleras en silencio. La luz de la vela no les permitía ver más allá de sus propios pies, por lo que se vieron obligadas a aguzar sus sentidos al máximo. A pesar de la valentía que las había llevado hasta allí, no podían evitar sentir que el miedo invadía cada una de las células de sus cuerpos. No tenían ni la más mínima idea de con qué o con quién podían encontrarse.

Sintiendo que el corazón les latía a mil por hora, recorrieron el largo pasillo, revisando todas y cada una de las habitaciones que encontraban a su paso, procurando no dejar ni el más minúsculo rincón sin chequear. Caminaban, una detrás de la otra, prácticamente pegadas, ya que, según las deducciones de Azul, lo mejor era que no las sorprendiesen por separado. No sabían si habría alguien y si estaría solo o acompañado, por lo que lo más lógico era mantenerse unidas.

Las últimas habitaciones que les quedaban por comprobar: eran las suyas. Hasta ese momento, no habían dado con ningún indicio, con ninguna pista, que las hiciera pensar que el dueño de la sombra se encontraba allí.

Cuando ingresaron al dormitorio que ocupaba Ámbar, la muchacha comprobó que todo se encontraba tal y como lo había dejado minutos antes de bajar a cenar, excepto por la presencia de una gran rosa marchita que descansaba en el centro de la deshecha cama.

—¿Qué es eso? —preguntó Ámbar, desconcertada.

—No lo sé —respondió Azul, igual de sorprendida—. Es tu habitación…, ¿no la dejaste tú? —inquirió, encaminándose a chequear el cuarto de baño que se encontraba en el interior del cuarto.

—A ver, ¿para qué dejaría una rosa marchita en la cama? No, no he sido yo —dijo, mientras en su rostro se dibujaba una mueca de terror al comprobar… —Lo debe haber puesto quien sea que está intentando asustarnos.

—No lo sé —contestó Azul, negando con la cabeza—. Dispongo de la misma información que tú. Sin embargo, hay una amplia posibilidad de que así sea.

—Ten… tengo miedo —confesó **Ámbar** con voz temblorosa.

—¿Y tú te crees que yo me la estoy pasando de maravillas? —preguntó sarcástica, antes de disculparse—: Lo siento, yo también estoy aterrada, pero… —Suspiró—. Ven, revisemos lo que nos queda. Ya veremos qué hacer.

Tras sus palabras, Azul se encaminó hacia el pasillo, a toda velocidad, y se adentró en la siguiente y última habitación: la suya.

Al cruzar el umbral de la puerta del cuarto, un grito brotó de su garganta, haciendo los vellos de Ámbar se encresparan. De inmediato, corrió hacia donde se encontraba su hermana, observando la escena que se presentaba ante ellas.

—Esto… esto solo puede ser obra de un enfermo —susurró Azul, hiperventilando y con los ojos saliéndose de sus órbitas.

La sensación de peligro que se había instalado en Azul al ver la ensangrentada cabeza de aquel gato, se intensificó al observar la dantesca imagen de su habitación.

La cama se encontraba deshecha, las mantas y las sábanas se hallaban desperdigadas por el sueño, mientras que el colchón, que había sido de un blanco impoluto, en ese momento, presentaba un negruzco color, perceptible incluso en la penumbra de la habitación.

Azul no pudo evitar el impulso de acercarse a la cama, percatándose, así, de los cortes y rasgaduras que poseía el colchón. Sin embargo, eso fue lo que menos la impactó. En el centro del lecho, entre las arrugadas mantas, descansaba lo que en un primer momento le pareció una masa amorfa y sin sentido. Sin embargo, tras un segundo vistazo, pudo comprobar que se trataba del destrozado tronco del gato, cuya cabeza había visto en el rellano de la puerta que daba al patio.

Tragó saliva, asqueada y aterrada, y miró a su alrededor, viendo que las plumas de las almohadas se encontraban esparcidas por toda la estancia, algunas aún flotaban en el aire, dándole un toque más tétrico a aquella escena que le ponía los vellos de punta.

—¡Azul, cuida…! —exclamó Ámbar, antes de caer al suelo, inconsciente, tras darse contra la mesilla de noche.

Azul, quien se encontraba ensimismada con la crueldad de aquella sádica imagen de su habitación, no fue capaz de reaccionar a tiempo. Segundos después de que su hermana cayera, se encontró apresada por unos fuertes brazos, de los cuales le resultó imposible zafarse, a pesar de sus intentos.

Sin emitir ni el más mínimo sonido, aquel hombre, salido de la oscuridad, posó el filo de una navaja sobre su cuello, haciéndola estremecerse.

—¿Qui-quién eres? —tartamudeó—. ¿Qué quieres? —inquirió, procurando mantener la calma y ganar un poco de tiempo.

—Es curioso que quieras saber quién soy, cuando ya deberías haberlo deducido —respondió el hombre.

Azul abrió los ojos de par en par y boqueó en busca de aire. Eso no podía ser verdad.

—¿Fra-Franco? —preguntó—. No, no puede ser —murmuró, incrédula—. Puedes ser un muy buen imitador, pero tú no eres Franco. Él no sería capaz de ser algo así —agregó, intentando convencerse a sí misma.

El corazón le latía desbocado y parecía querer salírsele del pecho, en tanto un dolor lacerante en su cuello le advertía que el hombre, fuera o no fuera Franco, iba en serio. La navaja había comenzado a penetrar su piel, con lentitud.

El sujeto rio con sorna.

—Ay, pobrecita, Azu. Cree que me conoces bien, ¿verdad? —preguntó y soltó una sonora carcajada—. Pero no, *hermanita*, no me conoces nada. Y, aunque te cueste creerlo, sí, soy yo. Debe ser difícil para ti ver mi verdadero ser, pero… ya es hora de que comprendas todo y que yo obtenga lo que me corresponde.

—¿Por-por qué haces esto? —preguntó Azul, tragando saliva.

—¿Por qué lo hago? —inquirió, burlón—. ¿En serio lo preguntas? —Rio—. Bien, lo hago porque puedo. Debería haberlo hecho hace tiempo, pero, bueno, intenté ser benévolo; y ya no tiene sentido que lo siga haciendo. —Inspiró profundamente—. Estoy harto de que hagas lo que se te dé la gana y que siempre te salgas con la tuya. Que tu padre haya tenido contemplaciones contigo, no significa que seas intocable, *hermanita*. Si así lo creías, ¡estás más que equivocada, infeliz! —exclamó, presionando aún más la navaja sobre el cuello de Azul—. Estoy harto, cansado, hastiado…, de que todo el mundo me pase por encima. Sobre todo, ustedes dos que andan de *amiguitas*. Son dos inconscientes. No se imaginan todo lo que he tenido que pasar par que *su queridísimo* padre me aceptara.

—¿*Su*? —preguntó, sin comprender—. Querrás decir *nuestro* padre.

—No, no. ¿Ves por qué digo que no sabes nada? Al parecer no estás al corriente de todo. *Su* querido padre, *tuyo* y de la *zorra* que yace inconsciente —puntualizó—. No me digas que jamás lo notaste… —Rio—. Pensaba que eras **más inteligente.**

—En serio, no sé de qué diablos estás hablando —respondió Azul, tragando saliva, una vez más.

Franco suspiró.

—Si te hubieses quedado en la ciudad, como te pedí, ahora no tendría que estar dándote explicaciones. Te dije que *debíamos* leer el testamento, que *tú debías*… leer… el… ¡maldito testamento! —gritó—. Pero no, ahí estabas tú con tus estupideces de querer cambiar tu pobre vida de niña mimada.

—Espera… —Frunció el ceño—. ¿Qué rayos tiene que ver el testamento con todo lo que estás haciendo?

—Si hasta parece que lo imbécil se te acentúa con el miedo —se burló—. A ver, ¿cómo te lo explico para que lo entiendas de una buena vez? Según ese *endemoniado* testamento, después de todos los años en los que me esforcé por contentar a ese viejo de mierda, no me corresponde ni el más mísero centavo —dijo, apretando los dientes—. No, no me corresponde nada, ni una mínima parte del bufete de abogados por el que me he desvivido casi la mitad de mi vida. Las dos únicas herederas del *imperio Castillo* son ustedes dos: Azul y Ámbar. Ese viejo hijo de puta ¡me ha dejado en la miseria! —Suspiró—. De la única manera en la que, según sus palabras, puedo obtener algo es si ustedes están bien muertas y enterradas.

—Eso es imposible —susurró Azul, incrédula—. Papá te quería. Eres su hijo. ¿Cómo es posible? No, esto no tiene sentido. ¿Por qué estipularía algo así?

—Por el simple y llano motivo de que *no soy su hijo*.

—¡¿Qué?! —exclamó Azul, sorprendida—. ¿Qué estás diciendo?

—Eso mismo, Azul Castillo. Sé que lo has entendido perfectamente. *NO* soy su hijo. Tú y yo somos hermanos, sí, o mejor dicho medio hermanos, al igual que tú y la *queridísima* **Ámbar,** pero porque somos hijos de la misma madre, no del mismo padre.

La cabeza de Azul daba vueltas y era incapaz de procesar aquella información. Siempre había creído que su madre era una víctima de las infidelidades de su padre, sin embargo, si lo que Franco decía era cierto, aquello era mutuo.

No obstante, eso era lo que menos le importaba en ese momento. Suspiró.

—**¿Todo esto es por ambición?** —preguntó, mientras una lágrima de decepción recorría su mejilla izquierda.

—**¡Ambición!** —Rio. —**¿Qué** es uno en esta vida si no tiene ambiciones? Pues sí, si quieres decir que es por ambición: así es, todo esto es por la más pura ambición.

—Si es así, puedo darte lo que me corresponde. Lo que menos me interesa es el dinero. ¡Por el amor de Dios, Franco! ¡Por favor, acaba con esta maldita locura! Estoy segura de que podemos llegar a un acuerdo. No es necesario que te conviertas en un asesino —dijo, en un intento por persuadirlo, mientras sentía como su piel cedía bajo el acero—. Te daré todo lo que tengo, te lo juro, pero no nos hagas daño. Déjanos vivir. Hablemos como seres civilizados y lleguemos a un acuerdo —suplicó.

—Ni hablar —repuso y comenzó, de manera lenta y metódica, como si de un ritual se tratase, a cortar el rostro, los brazos y el pecho de Azul, disfrutando del placer que le proporcionaba aquello.

Sumido como estaba en aquella tarea y en el placer que lo embargaba, no notó que Ámbar había vuelto en sí y que, agazapada, aguardaba el momento propicio para lanzarse sobre él.

La muchacha, procurando no llamar la atención de Franco, tomó el atizador que Azul había dejado caer, cuando fue sorprendida por su hermano, y se acercó cautelosa, colocándose detrás del hombre. Había oído las últimas palabras de Franco y gracias a esta la rabia había ganado terreno en su interior. Sin pensarlo demasiado, alzó ambos brazos sobre su cabeza, sosteniendo con firmeza su improvisada arma, y descargó un fuerte golpe sobre la nuca de quien, en ese momento, se dedicaba a torturar a su hermana.

Franco abrió los ojos de par en par, producto de la sorpresa, y soltó a Azul, dejándola caer al suelo, agitada, antes de desplomarse junto a ella.

Ámbar, sin perder ni un segundo, saltó el cuerpo inerte del hombre y se acercó a Azul, quien permanecía tendida en el suelo, hiperventilado. Tendiendo una mano hacia ella, la ayudó a levantarse y la observó de pies a cabeza, deteniéndose en todas y cada una de sus heridas. Sabía que lo mejor hubiese sido llamar a una ambulancia, pero era consciente de que permanecerían incomunicadas, con suerte, hasta el día siguiente, por lo que consideró que, dada la situación, lo mejor era apañárselas con el botiquín que Estela guardaba en el armario de la cocina.

—**¿Estás bien?** —le preguntó Azul, al cabo de un momento, quien también se había dedicado a escanear a su hermana, pese al dolor que sentía producto de las heridas recibidas.

La muchacha asintió.

—Solo tengo un chichón en la parte trasera de la cabeza y me duele el cuerpo por la caída, pero no es nada que un poco de hielo y un analgésico no puedan solucionar —respondió con una sonrisa—. La que no luce para nada bien eres tú.

—Lo sé, puedo imaginarlo —repuso con una mueca de dolor.

—Ven, vamos por el botiquín para que pueda curarte cuanto antes —dijo, tomando el brazo derecho de Azul y pasándoselo por sobre sus hombros—. Tenemos que agradecer que son solo superficiales. —Suspiró.

Sin embargo, Azul no la escuchaba. Tenía la vista clavada en el cuerpo de Franco.

—¿Es-está muerto? —se atrevió a preguntar, al cabo de un minuto.

—No tengo idea. En cuanto cayó, corrí hacia ti —respondió Ámbar, encogiéndose de hombros—. Si quieres lo compruebo —añadió, ayudándola a sentarse en la silla que se encontraba frente al escritorio, antes de acercarse a Franco.

Acuclillándose junto a él, tomó la muñeca del hombre, entre su índice y su pulgar, y prestó atención a sus signos vitales.

—Sí, está muerto —confirmó, al cabo de un minuto, sin poder creérselo—. Ha sido cuestión de suerte. No creí pegarle tan fuerte, pero…

—Y, ¿ahora? ¿Qué haremos? —preguntó Azul, con voz temblorosa. Sentía los sentidos entumecidos.

—En primer lugar, curar tus heridas y ponerme un poco de hielo en la cabeza. Luego, esperaremos a que amanezca y nos desharemos del cadáver —respondió Ámbar con convicción.

—**¿Qué diré cuando pregunten por él?** —inquirió Azul, sintiendo que la cabeza le daba vueltas, impidiéndole pensar con claridad.

—Que ha decidido mudarse de país, que se ha ido de vacaciones, que conoció a alguien … Yo qué sé. Ya se nos ocurrirá algo en ese momento —respondió, tomándola del brazo y ayudándola a incorporarse una vez más—. Nosotras seremos las únicas que sabremos la verdad.

—**¡No somos unas asesinas!** —exclamó Azul con cara de espanto.

—No, aunque tampoco queremos ir a la cárcel, ¿verdad?

—Podemos alegar que fue en defensa propia.

—Ya. ¿Y tú eres abogada? —preguntó con sarcasmo—. Dime, ¿cuántas veces absuelven a alguien que mata en defensa propia? —Azul se limitó a observarla. —¿**Ves?** Prácticamente, nunca —agregó con una media sonrisa y suspiró—. Ahora nos ocuparemos de tus heridas y ya veremos qué hacer con la *basura* —aseguró, mientras ayudaba a su hermana a salir al pasillo, no sin antes echarle un último vistazo al cadáver que yacía a sus espaldas.

LA CÁMARA

«*El hombre sano no tortura a otros, por lo general es el torturado el que se convierte en torturador*».
Carl Gustav Jung

LA CÁMARA

«Otra vez el maldito buzón de voz», pensó, mientras el miedo le ganaba a la impotencia.

Olav caminaba histérico, de un lado a otro de la sala, con la vista clavada en la punta de sus zapatos, mientras intentaba dar con Beate, su esposa.

—¿Dónde diablos te has metido? —preguntó en voz alta—. Contesta, por favor, contesta. ¡Maldita sea! —gritó frustrado.

No lograba dar con ella y ya no daba más. ¿Qué rayos le había pasado? ¿Dónde estaba?

Habían quedado en verse hacía unas tres horas, luego de que ella saliera del trabajo. Le había propuesto ir a su encuentro, pero ella se había rehusado, alegando que podía cruzar el parque sola. Sabía que lo había hecho para que él no dejara antes el trabajo, sin embargo, no podía dejar de pensar que había sido una enorme estupidez.

Olav se llevó una mano al pecho, sintiendo como su corazón latía desbocado, producto de la ansiedad. Temía estar volviéndose loco. Se sentía paranoico. No quería ni pensar en qué podría haberle pasado. Todas las opciones lo hacían sentir incómodo, intranquilo. Si no le hubiese hecho caso y la hubiera ido a buscar, ahora estarían tranquilos en casa, disfrutando de la cena que se habían prometido por su décimo aniversario de matrimonio.

Sin embargo, paranoico o no, no podía evitar temer por el bienestar de Beate. El miedo de saber que estaba sola en la calle, sumado a los últimos acontecimientos que habían alterado a la sociedad noruega, le hacían creer que todo era posible, y no en el buen sentido.

Si bien hacía un par de días, el comisario jefe del Departamento de Crímenes Violentos, de la policía de Oslo, había dado una conferencia de prensa, informando que el asesino en serie, que los había tenido en vilo durante las últimos meses, por fin estaba tras las rejas, Olav no podía dejar de sentir miedo. Porque quizás aquel enfermo estaba tras las rejas, pero ¿y si Beate había caído en manos de otro psicópata?

En un primer momento, quiso creer que su esposa se había retrasado y que había olvidado avisarle. Pero, ¡mierda!, ya habían pasado tres horas y ni la más mínima noticia; ni siquiera podía comunicarse con ella. Era como si tuviera el móvil apagado o fuera de cobertura.

Gritó con fuerza, intentando sacar la frustración, sin importarle lo que pudieran pensar o decir los vecinos. Miró el móvil por enésima vez y le dio, nuevamente, a la opción de llamada.

La voz de la contestadora no hizo más que exasperarlo, por lo que pateó la mesa de la sala, cerró los ojos y, tras inspirar profundamente, buscó el número de Monika, su suegra, entre sus contactos.

—Hola, Olav. ¿Cómo estás? —lo saludó la mujer, alegremente.

—Esto… —respondió, sin saber qué decir, o cómo comenzar a preguntar. No quería asustarla en vano, pero no veía otro modo de salir de dudas. Carraspeó—. Verás…, quería saber si Beate estaba contigo —dijo, sintiendo que el corazón le iba a mil por hora, mientras rogaba que la respuesta fuera afirmativa.

—No, querido, salió hace unas tres de horas. ¿Por qué? Me dijo que se encontraría contigo en Frognerbadet —respondió la mujer, confundida.

—Pues nunca llegó —respondió él—, y estoy cada vez más preocupado —agregó, sin saber qué pensar. Su última esperanza, se acababa de esfumar.

—Monika… —Un golpe sordo se oyó al otro lado de la línea—. ¿Monika? —preguntó, preocupado, mientras del otro lado oía gritos y pasos rápidos.

Sabiendo que era inútil continuar en línea, cortó la llamada y, tras lanzar el móvil sobre el sofá, se llevó las manos a la cabeza y se jaló el cabello. No veía la hora de despertar de aquella maldita pesadilla.

Luego de un par de minutos de dar vueltas, como león enjaulado, pensando en qué podía hacer, decidió que, por mucho que lo hubiese querido evitar, no le quedaba más alternativa que llamar a la policía. No era normal que una mujer de treinta años, quien siempre llevaba el móvil y un cargador portátil encima, quien siempre atendía sus llamadas y nunca hacía nada sin avisar ni se movilizaba mucho más allá del Frognerparken, llevara ya casi cuatro horas con el móvil apagado o fuera de servicio.

Por milésima vez, tomó el móvil, pero esta vez, en lugar de llamar a Beate, marcó el bendito 112, rogando que la policía le tomara la denuncia.

Cuando Beate abrió los ojos, la cabeza le daba vueltas y sus sienes palpitaban al punto de hacerla creer que su cráneo estallaría, de un momento a otro.

Frunció el ceño y aguzó la vista, intentando averiguar dónde diablos se encontraba. Sin embargo, le resultó imposible. La oscuridad que la rodeaba era impenetrable.

«¿Dónde estoy?», se preguntó.

Un sudor frío comenzó a recorrerle la espalda y le empapó la camiseta, mientras el miedo se abría paso en su ser. Lentamente, se incorporó, notando que nadie se lo impedía.

Extendió los brazos frente a ella y comenzó a andar, procurando obtener una pista de dónde se hallaba. Sin embargo, lo único que sacó en claro, fue que estaba encerrada en una habitación de paredes de metal.

«¿Metal?», se preguntó. ¿Es que acaso se encontraba en el interior de un *container*? Y, si así era, ¿por qué?

Aguzó el oído, tratando de percibir algún sonido, algo que le permitiera entender, mientras hacía memoria, intentando recordar. ¿Cómo diablos había terminado allí?

Una sucesión de imágenes por su mente la hizo hiperventilar.

La casa de su madre.

El parque.

La sensación de ser perseguida.

Paranoia.

Miedo.

Una sombra…

Y la nada misma.

Automáticamente, se llevó la mano al pecho y negó con la cabeza. No podía estar pasándole aquello. Intentó gritar, pero no logró proferir más que un sonido lastimero, como el de una presa en las garras de su cazador. Sí, eso era lo que era: una presa.

De inmediato, la imagen del asesino serial, que habían encarcelado hacía un par de días, invadió sus pensamientos. ¿Y si…? No, eso era imposible. El maldito psicópata estaba en la cárcel, ¿no? No obstante… Tragó saliva y comenzó a temblar de miedo. ¿Y si…?

El dolor, la incertidumbre y el miedo le congelaron las entrañas.

Procurando mantener la calma, palpó las paredes, golpeándose con lo que le pareció una caja, hasta dar con una pequeña manivela circular.

«La puerta», pensó, con ilusión. Sin embargo, no tardó en comprobar que estaba cerrada.

—Idiota. Eres una idiota. Claro que está cerrada. ¿Qué creías? —se dijo, dejándose caer al suelo con la espalda contra la puerta, mientras dejaba que las lágrimas manaran de sus azules ojos, sin control.

—¿Lo has aceptado ya? —preguntó una voz femenina. Levantó la cabeza en alerta buscando la fuente. —Acepta tu final, pequeña Beate. La voz tenía un deje metálico, distorsionada.

«Eso quiere decir que no está aquí», pensó.

Inspiró profundo, buscando serenarse.

—¿Quién… quién eres? —preguntó, temblando de pies a cabeza. Tenía la boca seca y la garganta le ardía al hablar.

Sed. Sentía sed.

¿Cuánto tiempo llevaba allí?

Una sonora carcajada metalizada resonó en el habitáculo.

—¿Quién soy? Es raro que no lo sepas, cuando mi obra es de conocimiento popular —respondió, sin dejar de reír.

Los ojos y boca de Beate se abrieron por completo en una mueca de terror y desconcierto.

«No. No puede ser», pensó. «El asesino es un hombre y está tras las rejas». Se negaba rotundamente a creer.

—No sabes cuánto siento que estés tan asustada —dijo, como si se dirigiese a un niño pequeño. Rio, haciendo que a Beate se le encrespara la piel—. No, realmente, no lo siento. Desde aquí puedo oler tu miedo. Pobrecita.

—¿Qué…? —titubeó Beate—. ¿Qué quieres?

—Divertirme. Pero tranquila, será todo muy limpio. De hecho, el juego ya comenzó, solo que no te has dado cuenta —respondió la mujer, con voz alegre.

—¿Có-cómo…? —preguntó, entrecortadamente.

—Vaya, ¿así que quieres saber? —inquirió y, a través de su voz, Beate pudo adivinar una sonrisa. La maldita estaba verdaderamente complacida—. Bien, es bastante simple y sencillo. Hasta tú lo podrás entender, créeme. ¿Sabes qué es esta sala? —Beate negó con la cabeza y comprobó que estaba siendo observada, cuando su captora continuó—: Oh, qué pena. Déjame que te ilustre. Ahora mismo te encuentras en el interior de una hermosa y costosa cámara hiperbárica. —Guardó silencio por un momento, antes de agregar—: Ja, sí, es una muy parecida a las frecuentadas por celebridades. Sí, una tierna e «inofensiva» —enfatizó— cámara de «rejuvenecimiento». Y, ¿sabes por qué estás aquí? —preguntó y rio—. No, no es para un tratamiento contra la edad. No, mi cielo, te encuentras aquí para otra cosa. ¿Sabes qué sucederá? ¿No? ¿No puedes imaginarlo? Pues, permíteme que te lo explique de una manera muy sencilla —dijo e hizo una pausa, en la que se aclaró la garganta.

«Como sabrás, o quizás no, el cuerpo humano vive en condiciones normales de presión, es decir, *una* atmósfera. Cuando la presión atmosférica aumenta, el cuerpo y los órganos comienzan a comprimirse —explicó con calma—. Bien, la *presión* de esta habitación está programada para que aumente de manera paulatina, haciendo que tu cuerpo sea sometido cada vez a más presión. Ahora mismo estás siendo sometida a una presión de seis atmósferas. ¿No lo notas?

Se aclaró la garganta.

»Del total del aire que respiramos, el ochenta por ciento es nitrógeno, y tú te preguntarás: ¿qué tiene que ver una cosa con la otra? Okey. —Se oyó un aplauso, distorsionado—. Cuando el cuerpo es sometido a grandes presiones, el nitrógeno comienza a transformarse en pequeñas burbujas, las cuales entran en la sangre y, por consiguiente, a los tejidos. De esta manera, si un cuerpo se descomprime rápidamente… (que es lo que pasará contigo), esas burbujas empezarán a bullir, como si de una botella de champaña se tratara, haciendo que te retuerzas de dolor, hasta morir.

Beate comenzó a temblar. No dudaba de lo que decía aquella mujer. No importaba si era la verdadera culpable detrás de las muertes o si era una simple imitadora, no le cabía duda de que lo que acababa de oír era posible. La policía había hablado de ello en la conferencia de prensa de hacía unos días. Las víctimas habían sido halladas con signos de violencia totalmente diferentes entre sí, pero con un único factor común: todas y cada una de las víctimas habían sufrido la, vulgarmente conocida, «enfermedad del buzo». En la sangre y en los tejidos de aquellas mujeres se habían hallado enormes cavernas formadas por las burbujas de nitrógeno.

Tras aquella noticia, Beate, movida por la curiosidad, había investigado un poco sobre aquel tipo de muerte y sabía el dolor que le esperaba, si en verdad estaba siendo sometida a altas dosis de presión

¿En qué momento comenzarían aquellos dolores? ¿Qué le esperaría después? No lo sabía. La única certeza que tenía era que moriría, hiciera lo que hiciese.

Abatida, dejó caer su cabeza entre sus rodillas, mientras una lágrima rodaba por su mejilla, al pensar en Olav, en sus padre y en todas las personas que amaba, todas las cosas que ya no podría hacer, disfrutar…, vivir. Pensó, pensó y pensó, mientras oraba por la vida de todos sus seres queridos, mientras sus ojos se cerraban y se sumía en la inconsciencia.

Un agudo dolor la arrancó de su sueño y la hizo gritar, sin control, mientras intentaba pensar. Sin embargo, la lacerante sensación en todo su cuerpo, no hacía más que aumentar, y no le permitían razonar con claridad.

La tortura había comenzado y lo único que Beate sabía era que no podría escapar. Moriría, lenta y agónicamente.

«Olav», pensó, mientras se retorcía como un pez fuera del aire. «Te amo. Perdóname, perdóname por no dejarte venir por mí».

Beate no sabía cuánto tiempo llevaba retorciéndose, cuando por fin se dejó vencer, dejándose guiar hacia la oscuridad, dejando de sentir dolor y comenzando a percibir la paz de la muerte.

ABOGADO DEL INFIERNO

«(…) Nosotros, los asesinos seriales, somos sus hijos, somos sus esposos, estamos en todas partes. (…)»
Ted Bundy.

ABOGADO DEL INFIERNO

Estaba tan ensimismada en su trabajo, que el estridente sonido del timbre la sobresaltó. «¿Quién diablos es a esta hora?», se preguntó, frunciendo el ceño, y suspiró.

Si no era el hombre del correo, era la vecina para pedirle un poco de azúcar y si no era esta última era su exmarido enviándole un ramo de flores que ella no quería ni ver. Estaba harta de que la interrumpieran constantemente. Era como si todos se hubiesen puesto de acuerdo para llamar al timbre en los momentos en los que ella menos quería o podía recibir a nadie.

Con pesadez, arrastró la silla hacia atrás y se incorporó a regañadientes.

—¿Quién es? —preguntó, de mala manera, tras descolgar el auricular del intercomunicador—. Ah —Suspiró—, eres tú. Sí, claro que puedo atenderte —mintió—. Está bien, pasa —agregó y pulsó el botón de apertura de la puerta principal del edificio de departamentos en el que vivía.

Deseaba que aquella *interrupción* se debiera a que le traía buenas noticias, de lo contrario… Suspiró. Sus ánimos estaban por los suelos y no se sentía capaz de soportar que le viniese con que el padre de Nicholas, su pequeño hijo de año y medio, no estaba dispuesto a llegar a un acuerdo, con respecto al divorcio en curso.

No había nada que odiara más que, encima de soportar una separación y de hacerse cargo de su hijo, tener que lidiar con jueces y abogados, sobre todo, cuando lo que estaba en juego era la custodia total de su pequeño. En esos momentos, como abogada de familia, podía comprender el cansancio y el hastío de sus clientes. Sin embargo, para su suerte, al igual que para la de quienes la contrataban a ella para llevar sus casos, contaba con un profesional con una gran reputación, un gran amigo en el que confiaba demasiado.

Dejando la puerta del apartamento entornada, para que su abogado entrara sin problemas, se encaminó hacia el dormitorio de Nicholas y comprobó que este continuaba profundamente dormido, a pesar del sonido del timbre.

Durante unos segundos lo observó con un embeleso propio de una madre enamorada de su hijo. Y así era, amaba con todo su ser a ese pequeño terremoto que le había dado la vida. Sin embargo, se sentía tan cansada… Desde que había echado Marcus de la casa, se había visto obligada a hacer más de lo que podía. Todas las responsabilidades habían recaído sobre ella. Existían días en los que no creía poder soportarlo más, no obstante, haría hasta lo imposible para que su exesposo —aunque aún faltaban unos cuantos papeles por firmar— no se quedara con la custodia de Nicholas. El pequeño era lo único que tenía en la vida y lo haría y lo daría todo por él.

Tras cerrar con cuidado la puerta de la habitación de su hijo, se dirigió hacia la cocina, en busca de algo para ofrecerle a su inesperada visita. Mientras revisaba las vacías alacenas, oyó como las bisagras de la puerta principal crujieron, alertándola de que su abogado ya estaba en el interior de la vivienda. Lo dejó hacer. Él conocía aquella casa como la palma de su mano. Se conocían desde la universidad, hacía más de diez años, y, luego de que ella contrajera matrimonio con Marcus Kennedy, Brandon los había visitado en infinidad de ocasiones, incluidos cumpleaños y fiestas de fin de año. A Marcus no le caía del todo bien que Brandon pululara por la vivienda, como si fuera propia. Por esto, él y Marine habían discutido un centenar de veces, por culpa de los celos que su amigo despertaba en su, entonces, marido.

Luego de confirmar que no tenía nada con lo que invitar a Brandon, no le quedó más remedio que tomar la última botella de vino que Marcus había dejado en el departamento, una de las botellas que habían traído de su último viaje a Sudamérica. Hacía más de una semana que no iba al supermercado y se había estado alimentando a sopas instantáneas, mientras que su hijo comía sus papillas favoritas, y no era momento para salir de compras. Por lo que se prometió hacerlo al día siguiente. Era sábado y tendría libre la mayor parte del día, por lo que podría aprovechar para salir a dar una vuelta con Nicholas y de paso abastecerse para la semana siguiente, o, con suerte, para los próximos quince días.

—¿Cómo estás? —preguntó en cuanto percibió que Brandon se adentraba en la cocina, mientras ella tomaba un par de copas del armario de la cocina, antes de descorchar el vino—. ¿Te apetece algo de beber? —inquirió, luchando con el corcho—. Perdona que no tenga nada para invitarte a cenar, aún no he ido a hacer la compra. De todos modos, por suerte, puedo atenderte tranquila, Nick está profundamente dormido. Si es que ese niño es un santo.

Cuando terminó de decir aquello, el silencio se instaló en la habitación y frunció el ceño. El mutismo de Brandon le resultó demasiado extraño y la bilis le subió hasta la garganta. Estaba más que segura de que eso significaba que no traía buenas noticias para ella.

Y, en verdad, su instinto tenía razón. Sin embargo, aquellas *malas noticias* poco tenían que ver con su divorcio y con la tenencia del pequeño.

Cada vez más intrigada por el silencio de su amigo, se dio la vuelta y su rostro se desfiguró, automáticamente, en una mueca de terror. Algo en aquel hombre, en quien había confiado siempre ciegamente, había cambiado. Podía reconocer a Brandon, pero a la vez podía decir que ese no era el hombre que conocía.

El vello de la nuca se le erizó. Algo no andaba para nada bien.

«¿Qué diablos está sucediendo?», se preguntó, sintiendo repentinamente la boca reseca. El dueño comenzaba, poco a poco, a adueñarse de ella.

Su instinto la instaba a hacer algo, pero ¿el qué? Mientras maquinaba, buscando el por qué Brandon le producía aquella sensación, no fue capaz de reaccionar a tiempo y cambiar su maldito destino.

—¿Qué pa...? —Su pregunta quedó truncada, cuando vio que Brandon se abalanzaba sobre ella.

De lo único que fue capaz de percatarse, antes de caer en la más profunda inconsciencia, fue de como la mano de Brandon se acercaba a su rostro, tapando su nariz con un trapo empapado en un hediondo líquido, que no tuvo tiempo de reconocer.

Cuando por fin abrió los ojos, sintió que un horrible dolor le taladraba las sienes, obligándola a cerrar los párpados una vez más. Sentía como si un millón de minúsculas agujas se le clavaran en el cráneo.

«¿Nicholas? ¿No ha llorado?».

Aquello fue lo primero que pensó, antes de que una avalancha de recuerdos se cerniera sobre ella, despertando nuevamente el miedo en su interior y haciéndola tensarse.

Se removió incómoda, percatándose de que se encontraba desnuda y maniatada, sobre una lisa y fría superficie de metal.

«¿Qué diablos está sucediendo? ¿Dónde estoy?», se preguntó, mientras buscaba, con desesperación, buscaba deshacerse de las ataduras. Sin embargo, fue completamente en vano. Los amarres habían sido realizados a consciencia y con demasiado fuerza.

A pesar del dolor de cabeza, abrió los ojos una vez más, comprobando que se encontraba sumida en la penumbra; la oscuridad la envolvía casi por completo, como si se encontrara en el interior de algún hambriento animal. La única luz que se filtraba en la estancia provenía de una pequeña rendija, de lo que supuso se trataba de una puerta.

Marine se sentía adormecida. Estaba consciente y sabía qué su situación no era para nada buena, sin embargo, era como si su cerebro no quisiera procesar del todo aquella información.

Su cuerpo clamaba a gritos por un cambio de posición. Le dolía hasta la última célula. No sabía cuánto tiempo llevaba allí, tumbada e inconsciente, a merced de aquel maldito.

Una imagen se dibujó en su mente; una maldita imagen en la que era incapaz de pensar, por lo que se obligó a ignorarla por completo.

Su hijo…, su pequeño, tenía que estar bien, ¿no?

¿Qué habría pasado con él? ¿Alguien lo habría encontrado? ¿Lo tendría ese malnacido?

Inspiró profundo y tragó saliva. Lo único que podía pedir y esperar en esos momentos era que Nicholas estuviera bien, sano y salvo. Quizás, Brandon, había pasado del pequeño. Ojalá fuera así. Deseaba con todas sus fuerzas que fuera así.

Tal vez, el niño se había despertado entre llantos y Patricia, la muchacha del departamento contiguo al suyo, quien se encargaba del niño cuando ella debía ausentarse por cuestiones laborales, lo había oído y había acudido a él.

Mientras intentaba convencerse de que su hijo estaba bien y de que estaba con Paty, como ella solía llamarla, las bisagras de la puerta de la habitación en la que se encontraba chirriaron tétricamente.

«No, por favor, no. No, Dios, no», pensó, una y otra vez. Esperaba que Dios oyera sus mudas plegarias.

¿Qué diablos había sucedido para que ella terminara en esa situación?

Le era imposible creer que estaba viviendo aquello, peor aún, de mano de una de las personas en la que más había confiado siempre, sobre todo, en los últimos meses.

Con el corazón palpitando desbocadamente, cerró los ojos y apretó los párpados con fuerza, en un intento de desoír los sonidos metálicos que se reproducían a su alrededor.

Desesperada, elevó una nueva plegaria. Pidió perdón, clemencia, misericordia… Pidió por su vida, sí, pero, sobre todo, por la vida de Nicholas, de *su* Nicholas.

—¡Buenos días, *bella durmiente*! —dijo aquella voz que tan bien conocía.

La oscuridad no le permitía ver su rostro, pero, aun así, era capaz de imaginar una sonrisa torcida y burlona.

Deseaba gritarle, insultarlo, hacer algo, lo que fuera, para demostrarle el odio que sentía; pero la sequedad de su boca y de su garganta se lo impedía, haciendo que solo pudiese emitir un sonido lastimero, que pareció encender aún más la perversidad de quien hasta hacía poco tiempo había considerado su mejor amigo.

Cuando Brandon encendió la luz, Marine frunció los ojos, al sentir como esta le hería los ojos.

—Oh, lo siento. Mucho tiempo a oscuras. Además, debes tener sed, ¿no? —murmuró Brandon, burlándose de ella—. Pobre, si es que ni hablar puedes. Toma. Bebe —agregó, lanzándole una botella que le dio de lleno en el rostro, mientras desternillaba de risa.

Marine, ignorando aquella burla, comenzó a luchar contra las ataduras, una vez más, aun siendo consciente de que era inútil.

—Ya deja de hacer eso —dijo el hombre con hastío—. Lo único que lograrás es hacerte daño tú misma. Me encargué de que fuera imposible que te deshicieras de los nudos. Te conozco demasiado bien. No me creerás tan estúpido como para pensar que no opondrías resistencias, querida *Marine* —dijo, pronunciando su nombre con una mezcla de asco y reverencia—. ¿O sí? —inquirió, tomando la botella de agua que le había lanzado para depositarla sobre una pequeña mesa de madera que se encontraba junto a ella—. La muchacha que estuvo aquí antes que tú se portó demasiado bien para mi gusto… —agregó, haciendo que Marine se tensara aún más.

Brandon suspiró—. La pobre creyó que si no oponía resistencia saldría de aquí con vida. ¡Qué ilusa! —Rio—. En fin, cariño, tengo todas mis esperanzas en ti. Tú no me defraudarás, ¿cierto?

—¿Q-qué quieres de mí? —preguntó, no sin esfuerzo. Su voz sonó extraña, incluso ante sí misma—. Bra-Brandon, por favor, déjame ir.

—Ay, Marine, mi querida amiga, no me hagas reír. Si quisiera eso, en este momento podría estar en cualquier otro sitio, pero no es así. ¿Sabes por qué nos encontramos aquí? —preguntó, como quien habla con un niño—. Porque tú prometes ser mucho más divertida —se respondió, mientras se posaba a los pies de la cama de metal y le abría las piernas.

Solo tuvo fuerza para resistirse durante las primeras horas. Con el tiempo, Marine fue aceptando cuál era su destino. Poco a poco, había ido tomando consciencia de que no importaba cuánto se esforzara por liberarse de aquella maldita tortura, sería completamente en vano.

El ser violada resultó ser la parte menos dolorosa y más fácil de soportar. No supo muy bien cómo, pero soportó estoicamente todo el daño que Brandon infligió sobre su cuerpo, hasta que aquella tortura se transformó en un paraíso en comparación a lo que vino después.

No contenta con ultrajarla y humillarla, Brandon comenzó a abrazarla y mutilarla, lentamente, reservando aquellos trozos de su carne para dárselo como alimento. Así es, los últimos tres días había sido alimentada a base de su propio cuerpo.

Poco a poco, su mente había ido alejándose de su cuerpo y ya no sentía nada. Ya no sentía miedo ni mucho menos terror. Lo único que aún le preocupaba era Nicholas, pero no podía hacer nada más que confiar en que Dios, que a ella la había dejado librada a su *mala* suerte, lo hubiese protegido y estuviera bien.

En ese momento, su torturador, pretendía dejarla completamente ciega, y ella, por inercia, por un rezago de supervivencia, se retorcía escapando, a duras penas de él.

—¡Qué te quedes quieta! —exclamó. Había llegado a exasperarlo. Y eso era mucho más de lo que había logrado durante los últimos días—. ¿Acaso estoy hablando en arameo, que no me entiendes?

Sin embargo, por mucho que quería dejar de resistirse, con la esperanza de que todo aquello terminara de una vez por todas, no podía evitarlo, al ver como Brandon acercaba a su ojo un artilugio metálico.

—¡Ay! —Suspiró—. Ya ves, me exasperas tanto que hasta me haces olvidar que no puedes oírme —dijo y soltó una sonora carcajada—. Ha de ser horrible que te dejen sordo, ¿no? Aunque tú ya lo eras. Eras más sorda que cualquier persona con problemas auditivos. Solo eras capaz de oír tus propios gemidos y los de tu amante, llegando, incluso, a desoír el llanto de tu «adorado hijo» —Suspiró una vez más—. No escuchaste su primera palabra, porque eras incapaz de cerrar las piernas y prestarle atención a algo más que no fuera tu vagina, y el pene de tu acompañante de turno. —Se aclaró la garganta. Si bien era consciente de que Marine no podía oírlo, él quería y necesitaba exteriorizar aquello. Así lo había prometido—. Y, si de advertencias hablamos, Marcus te dio demasiadas, pero, por supuesto, como siempre, las ignoraste por completo. —Bufó—. **Sí, ya sé que no me puedes escuchar, pero me da tanto placer decirte todo esto. Tanto o más que oír tus gritos** —agregó y soltó una sonora carcajada, mientras Marine aullaba de dolor al sentir como su ojo era arrancado de su órbita—. Así es, cielo, Marcus, el padre de tu *adorado retoño*, fue quien te entregó a mí. Él fue quien me pidió que acabara contigo. Y yo, ¿cómo iba a resistirme a algo que quería hacer hace tiempo? Sí, él sabe lo que hago, él está al corriente, y él me encubre siempre que lo necesito. Marcus, contrario a ti, sí es un *buen amigo*. ¿Cómo no hacerle un favor? No puedes siquiera imaginar lo agradecido que estoy con él.

Tras decir aquello, se subió a horcajadas sobre Marine, sosteniendo la cabeza de la mujer entre sus rodillas, mientras continuaba forzando su globo ocular.

Una vez cumplió con su cometido, se dirigió al ojo derecho y repitió la maniobra.

El insoportable dolor obligó a Marine a sumirse en la más profunda inconsciencia. Sin embargo, Brandon no dejaría su tarea inconclusa. Se estiró hacia la mesilla móvil que había trasladado hasta que quedara justo a un lado de la camilla de acero inoxidable y tomó una pequeña navaja suiza. Con cuidado y meticulosidad, la introdujo en la cavidad donde antes descansaban los ojos de Marine, cumpliendo, así, con el deseo de ambos.

Él sació su sed, mientras ella, por fin, descansaba en paz.

SUICIDIO

«Yo soy como un boomerang,
cuando yo golpeo es para matar.
Como un boomerang todo vuelve
y la herida que tú me haces,
es en ti en quien va a sangrar».
Renato Russo.

SUICIDIO

—¡Alma, ven! —gritó mi hermano mayor, al pasar junto a mí, de camino a las caballerizas.

—¿Qué sucede? —pregunté, con voz cansina, aun siendo consciente de que, por la distancia en la que se encontraba, no me oiría.

Tenía una muy buena idea de por qué corría con tanta desesperación. Conocía más que bien la razón de tanto alboroto, por lo que, suspirando, dejé mis labores y, tras recogerme la larga falda para no tropezar, me encaminé tras Anthony.

Cuando entré al establo, no demoré en confirmar mis sospechas.

Todo aquel jaleo era nada más y nada menos que producto de mi madre, quien, una vez más, buscaba llamar nuestra atención.

Era más que sabido por todos los miembros de nuestra familia que lo que mi madre hacía no eran más que simples y tristes artimañas que mi madre llevaba a cabo con la intención de que nos preocupásemos por ella. De esa manera, buscaba que nos enfocáramos en ella, que todo girara en torno a su persona. Sin embargo, después de tantos *intentos* de suicidio, el único que corría a socorrerla era Anthony. Mi padre y, sobre todo, yo, estábamos tan hartos… Si realmente su intención era quitarse la vida, lo haría de manera sutil para que nadie pudiese socorrerla.

Pero ahí estábamos, una vez más, soportando su bendita pantomima, en la que Anthony no dejaba de caer.

Papá había decidido ignorarla cuanto fuera posible, con la esperanza de que, de esa manera, ella se diera cuenta de que lo que hacía no tenía ni el más mínimo sentido. Mientras que yo, para mis adentros, rogaba que, algún día, el tiro le saliera por la culata.

Inspiré profundo y me acerqué a mi hermano, quien, esos momentos, quitaba la soga que mi madre se había puesto al cuello. Como de costumbre, Anthony había llegado a tiempo; lamentablemente para mí, afortunadamente para ella.

Decidí mantenerme a una distancia prudencial. Sabía que, en cuanto mi madre recobrara el sentido, me cargaría con la culpa de todas sus desgracias.

—¡Mamá! ¡Mamá! —repetía Anthony, mientras presionaba su tórax, intentando reanimarla.

—Déjala, de una vez —dije con hastío y di media vuelta—. Llamaré a papá.

—No entiendo cómo puedes ser tan fría —me reprendió mi hermano con los ojos anegados en lágrimas. Al parecer, realmente le dolía aquella situación—. Jamás te ha importado lo que le pueda pasar a mamá, ¿cierto? —inquirió.

Con lentitud, me giré hacia él y asentí.

—Tienes razón. —Sonreí—. Jamás me ha importado lo que pueda sucederle —confirmé y salí de allí, sin decir más.

Encontré a mi padre a los pocos metros de dónde se desarrollaba la escena que había dejado atrás. Él continuaba con sus tareas, como si nada hubiese sucedido. Como yo, ya no prestaba ni la más mínima atención a las *locuras* de su esposa.

—Papá —lo llamé, una vez estuve junto a él. Él alzó la cabeza y me observó con el cansancio grabado en el rostro—. Anthony necesita ayuda. Están en establo —dije, sin darle demasiadas explicaciones. No las necesitaba. Mi padre asintió y, antes de encaminarse a ayudar a mi hermano, alzó la vista al cielo y se persignó, harto de todo aquello.

Mientras mi padre se dirigía a las caballerizas, y habiendo cumplido ya con lo máximo que pensaba hacer por ella, me encaminé hacia la casa y retomé mis quehaceres.

***

Desde aquella ocasión, los meses transcurrieron lentos e invariables. No se había vuelto a repetir el episodio, pero nada había cambiado.

Mientras yo me encargaba de todos, *absolutamente de todos*, los quehaceres domésticos, mi *adorada* madre se dedicaba a hacernos la vida imposible, sin siquiera mover un solo dedo.

Al parecer, seguía pensando que había parido una mucama. No obstante, yo, me limitaba a hacer lo necesario, ignorándola cuanto me era posible.

Si no hubiese sido por mi hermano, a esas alturas, ella ya se hubiese estado reposando a tres metros bajo tierra, criando malvas y sobrealimentando a los gusanos, desde hacía mucho tiempo. Sin embargo, mi paz mental, tardó en llegar, pero la agradecí tanto… Porque sí, mi madre murió y pensar en ese día no puede hacerme sentir más feliz y libre.

***

Aquella mañana de finales de noviembre, el frío era tal que me calaba hasta los huesos, sin embargo, fui capaz de ignorarlo, a sabiendas de que mi ansiada paz estaba pronta a llegar.

Como cada día, me levanté a las cinco de la mañana, con la intención de comenzar con mis quehaceres domésticos. Me aseé, desayuné y comencé con mi rutina. No podía levantar ni la más mínima sospecha; de lo contrario, el plan que había elaborado con tanto mimo se iría por el desagüe.

Mi padre, como todos los días, se había marchado de casa poco antes de que yo abriera los ojos, en busca del dinero diario.

Anthony y mi *querida* madre continuaban durmiendo, por lo

que tomé la escoba, de camino al patio trasero, y comencé a barrerlo, con calma.

No había logrado limpiar ni una quinta parte, cuando escuché la voz de mi progenitora profiriendo mi nombre, como si se le fuera la vida en ello.

—¡Almaaaa! —gritó—. ¿Dónde diablos está el bendito desayuno? ¿Qué mierda crees que estás haciendo? ¡Ven de una maldita vez! —agregó, con ese tono imperativo que tanto me sacaba de mis casillas.

«Inhala, exhala. Inhala, exhala», me dije, apretando los dientes y apoyando la escoba en la pared de la casa. Me repetí aquellas dos palabras, una y otra vez, como una especie de mantra, mientras me encaminaba hacia la cocina.

Al entrar en la estancia, me encontré con la foca amorfa, que decía ser mi madre, sentada en el sillón frente a la chimenea.

En ese momento, llegué a contemplar la idea de adelantar mi plan. Sin embargo, lo deseché de inmediato. Tenía que amoldarme a la idea inicial. No podía arruinarlo todo por un impulso. No era el momento indicado. En los días posteriores tendría todo el tiempo necesario, cuando Anthony y mi padre se marchasen a la ciudad por asuntos de negocios. Aquel sería el momento ideal, ya que no existiría nadie que pudiera truncar mis planes. Esto, pensando en Anthony, el único que se preocupaba por mantener a mi madre con vida. Por el momento, lo mejor era que guardara las apariencias, sin levantar demasiado la perdiz.

—¿Qué haces ahí parada como una imbécil? —inquirió, mirándome con asco—. Mueve tu gordo culo y prepárame el maldito café —agregó y lanzó un escupitajo a mis pies—. Y más te vale… —añadió, apuntándome con su rollizo y retorcido dedo índice— que esta vez esté bueno. Estoy harta de esa mierda que preparas siempre. Ah, y cuando termines con el café limpia el piso —puntualizó, señalando el lugar en el que había caído su saliva.

Con la cabeza gacha, como siempre hacía, me limité a observarla, antes de dar media vuelta y poner el agua a hervir, mientras por dentro contaba hasta un millón, repitiéndome que no era el momento.

«Espera un poco más, Alma querida. Esto acabará pronto. Ten paciencia y no te salgas de lo que has planeado. Si siempre ha intentado quitarse la vida, ¿quién sospechará de ti, *la pobre y estúpida Almita*?», me decía, una y otra vez, hasta el cansancio.

Gracias a aquel pensamiento fui capaz de tranquilizarme lo suficiente como para prepararle el bendito café y no levantar sospechas.

Los días que aún quedaban para que mi padre y Anthony se marcharan a la ciudad pasaron con una abrumadora lentitud. Durante esa última semana me sentí sumamente ansiosa y expectante. No veía la hora de que mi paz llegara por fin.

La noche anterior al día de los hechos fui incapaz de conciliar el sueño. Di vueltas y vueltas en la cama sin encontrar una posición que me permitiera relajarme. Todo mi cuerpo estaba en tensión. No obstante, por la mañana me levanté a la hora que mi padre me había solicitado para prepararles el desayuno y para ayudarles a dejar listo el equipaje.

Pocos minutos después de las seis de la mañana, Anthony y papá, con sendas maletas en sus manos, se marcharon, no sin antes despedirse de mí, pedirme que me cuidara y desearme buena suerte. Mi padre era el único que, por lo que yo intuía, tenía una ligera sospecha de lo que me traía entre manos. Sin embargo, si así era, jamás lo supe, ya que nunca hablamos de ello.

En cuanto se marcharon, me dediqué a limpiar la casa, como cada día. De esa forma, procuré despejar mi mente y calmar mi ansiedad, que, con el pasar de los minutos, era cada vez mayor.

Cuando miré el reloj por enésima vez, noté que era más de mediodía y la *bella durmiente* permanecía en sus aposentos. ¿Es que acaso aquel día no pensaba levantarse?

Luego de dos horas más de espera, oí el crujir de los muelles de la cama y suspiré, aliviada.

La hora por fin había llegado. Su vida estaba en mis manos. Tenía los minutos contados. De una vez y para siempre, aquel día su existencia llegaría a su fin y su asquerosa presencia dejaría de infligirnos un castigo del que no éramos merecedores.

Para ese momento, tenía todo metódicamente organizado.

Mi padre, tiempo atrás, me había enviado al centro del pueblo en busca de veneno para ratas. En ese momento, fue cuando la idea, que en ese momento pretendía llevar a cabo, se encendió en mi mente.

En tres ocasiones, mi progenitora había ingerido veneno, en búsqueda de atención. En aquellos tres intentos habían logrado salvarle la vida. Pero, ahora, no sería así.

Durante los últimos dos meses, me había dedicado a estudiar cuál era la dosis adecuada para que el veneno fuera fulminante en un ser humano de sus dimensiones, ya que no era precisamente delgada. Lamentablemente, no poseía demasiadas fuentes de información, sin embargo, las pocas con las que contaba en aquel pueblo, alejado de la mano de Dios, me habían sido más que suficientes para pulir las aristas de mi idea.

Así es, haría todo de tal manera en que no cupiera ni la menor duda de que aquello había sido un suicidio. ¿Quién pensaría lo contrario con el prontuario de mi madre?

—¡Muévete, maldita! —exigió, mi madre cuando apareció en la cocina, con un gesto agrio, mientras tomaba asiento en *su* sillón. Llevaba un enorme camisón que, con tranquilidad, podría haber sido utilizado para confeccionar una carpa de circo.

Sin decir ni la más mínima palabra, asentí y me giré hacia la encimera, en donde ya se encontraba el agua que hervida y una taza, en cuyo interior, ya había vertido la cantidad necesaria de veneno. No tenía idea de si se daría cuenta de aquel «ingrediente secreto», pero, en ese instante, eso era lo que menos me importaba. Sabía que, por mucho que se percatara de mi ardid, no tendría tiempo de reaccionar. Me había asegurado de que, con tan solo un par de sorbos, mi propósito se viese cumplido.

Tomando la taza con cuidado, la llevé hasta la mesa, procurando que el temblor de mis manos pasara desapercibido ante los aguileños ojos de mi madre, y la deposité frente a ella.

La infeliz me observó de soslayo, con un deje de desconfianza. Tomó la taza entre sus rollizas manos y olfateó el contenido. Mi corazón se detuvo, mientras la observaba inspeccionar el líquido.

Contuve el aliento. ¿Acaso había descubierto lo que planeaba?

Cuando dio el primer sorbo y sonrió, mi corazón volvió a latir, ahora desbocado, y mis temores se esfumaron, al ver como se llevaba la taza a los labios una vez tras otra, bebiendo con avidez.

Suspiré, casi imperceptiblemente. No solo no me había descubierto, sino que, además, había consumido todo el bendito veneno. No cabía en mí de felicidad.

—Ya iba siendo hora de que aprendieras a preparar un buen café —dijo, despectiva.

Intenté que la sorpresa no se notara en mi rostro. No daba crédito a lo que acababa de oír.

«¿Qué? Es imposible», pensé, incrédula. La única respuesta lógica era que el veneno le hubiese dado un sabor particular o hubiera resaltado el sabor del café… Sin embargo, jamás lo sabré, aunque poco me importa.

—Me alegra que te haga gustado —susurré, ocultando mis emociones todo lo que me era posible.

—A ver, por una vez que haces algo bien, no te creas gran cosa —dijo y sonrió con desprecio.

Bajé la mirada a mis pies, manteniendo mi papel. Por entre mis pestañas pude ver como aquella petulante sonrisa fue desdibujándose, dando paso al dolor y al desconcierto. De inmediato, se llevó una mano al pecho y me dedicó una mirada de odio que pronto comenzó a desenfocarse.

—¿Q-qué diablos me has hecho, maldita enferma? —preguntó, con la voz estrangulada.

—Nada, *mamá* —respondí, encogiéndome de hombros—. No he hecho nada que no te merecieras. Además, tendrías que estarme agradecida, ¿no? ¿Acaso no he cumplido con lo que siempre has querido? —agregué, mientras una enorme sonrisa se extendía por mi rostro, al verla como su vida se iba apagando, hasta que, frente a mí, no quedó más que un triste cascarón vacío.

Suspiré y observé aquella escena por más tiempo del necesario. Sin embargo, quería que ese momento quedara grabado a fuego en mi mente. Y así fue, esa imagen me acompañará y la atesoraré hasta el fin de mis días.

SENSACIONES

«*La muerte*
es un castigo para algunos,
para otros un regalo,
y para muchos un favor».
Séneca.

SENSACIONES

Sentía miedo y no hallaba el por qué. A pesar de que procuraba ignorarla con todas sus fuerzas, aquella maldita sensación persistía y lo incomodaba sobremanera.

Joaquín se arrebujó en el abrigo, intentando lo imposible: cubrirse de la copiosa lluvia que amenazaba con inundar la ciudad, mientras sus pies chapoteaban en los charcos de agua que se habían formado en la acera. Adoraba los días de lluvia, oír el repiqueteo de las gotas le permitía relajarse, pero, en ese momento, consideraba que ya era demasiado. Había llovido durante los últimos quince días sin parar, por lo que ansiaba que el pronóstico que había oído en el noticiario de la mañana tuviera razón y que pronto parara para el fin de semana; en especial, porque tenía planes de pasarlo con su novia, a quien llevaba sin ver desde hacía un mes por culpa de los estudios.

Cuando llegó a casa, era pasada la medianoche. Temía que su madre lo reprendiera por llegar a esas horas, sin embargo, tenía una muy buena excusa y sabía que lo comprendería. La lluvia y el insufrible tráfico de la ciudad le había dificultado llegar a un horario decente.

Mentalmente, preparó el discurso que le diría para aplacar sus ánimos. Su madre era demasiado sobreprotectora. Y, si bien la entendía, eso lo exasperaba demasiado, por lo que siempre procuraba tener una buena excusa para que no lo riñera en vano y así ahorrarse una discusión de la que luego ambos se arrepentirían.

Sin embargo, cuando abrió la puerta del apartamento en el que vivían, solo se encontró con un silencio sepulcral que no hizo más que aumentar la sensación de temor que había procurado ignorar durante todo el trayecto hasta allí.

Podía notar que había algo raro en el ambiente. Todo estaba igual que siempre, pero a la vez no. ¿Qué demonios sucedía? ¿Por qué había tanta calma? ¿Por qué su madre no lo estaba esperando, sentada en el sofá de la sala, como era su costumbre siempre que él se retrasaba?

No sabía qué demonios estaba sucediendo, pero algo en el departamento le hacía sentirse incómodo, y un mal presentimiento se instaló en su pecho.

Con aquella sensación invadiendo cada célula de su cuerpo, se quitó el impermeable y las zapatillas mojadas y los dejó a un lado de la lavadora, de camino a su habitación.

Al pasar junto al cuarto de su madre, oyó que esta mantenía una acalorada discusión con un hombre. Soltó un improperio y suspiró, un tanto más aliviado. Al menos, su madre estaba en casa. Aunque no le gustaba para nada las visitas de su madre, en especial, cuando estas eran con fines sexuales o cuando, como en esta ocasiones, finalizaban con una pelea.

Inspiró profundo y buscó calmarse. Si bien estaba harto de oír a su madre con sus *amiguitos*, no podía hacer nada al respecto.

Se encerró en su dormitorio y tomó sus auriculares, como ya era costumbre, y se recostó en la cama, antes de poner su *playlist* favorita y subirle el volumen al móvil.

—Mucho mejor —susurró y cerró los ojos.

Había pasado una tarde terrible en la universidad y necesitaba descansar.

Se incorporó de un sobresalto. Algo lo había despertado, pero ¿en qué momento se había quedado dormido?

Miró a su alrededor y comprobó que la luz estaba apagada. «¿La apagué yo?», se preguntó. Sin embargo, no le dio mayor importancia, dado que había llegado tan cansado que todo era posible. En ese momento, lo único que quería entender era qué demonios lo había despertado. No obstante, la bruma, producto del sueño abruptamente interrumpido, le nublaba los sentidos y le impedía pensar con claridad.

«Seguro ha sido una pesadilla», pensó, mientras se sentaba al borde de la cama. ¿Qué otro motivo había, si no? ¿Qué otra cosa podría haberlo hecho despertarse de esa manera, sobresaltado, con los nervios a flor de piel y con un temblor que recorría todo su cuerpo?

Bostezando, miró el reloj de su teléfono, en donde vio un enorme tres. El miedo aumentó.

No creía en espíritus ni nada por el estilo. Sin embargo, algo lo alertaba de que había algo, de que las cosas no estaban tan tranquilas como aparentaban.

Aguzó el oído, en un intento por oír algo en la habitación contigua a la suya.

Silencio.

Quizás, su madre se había deshecho de su acompañante y ahora se encontraba en un profundo sueño. No tenía por qué significar nada. Tenía los sentidos alterados por una pesadilla, nada más, y todo le resultaba extraño.

Con lentitud, se puso de pie y se encaminó hacia el cuarto de baño, aunque antes pasaría por el dormitorio de su madre para comprobar que todo lo que sentía no era más que producto de su cansada mente.

Una vez frente a la puerta de la habitación de su progenitora, dudó un segundo, con la mano sobre el picaporte, antes de abrir, procurando hacer el menor ruido posible. Lo último que quería era despertarla.

Sin embargo, lo que vio lo hizo fruncir el ceño. ¿Por qué diablos estaba encendida la lámpara de la mesilla de noche?

Su madre prácticamente no la utilizaba, y mucho menos para dormir.

Tras aquella pequeña sorpresa, dirigió la vista a la cama: las mantas y las almohadas se encontraban desperdigadas por el suelo, mientras la televisión descansaba, rota, sobre la alfombra.

Ante esta última imagen, el cuerpo de Joaquín comenzó a temblar. Aquello era un evidente signo de violencia. ¿Acaso su madre estaba en peligro? Intentó descartar aquella idea, que no hacía más que revolverle el estómago. No obstante, le fue imposible.

Con el corazón en un puño, dio media vuelta y se dirigió hacia el salón. Su madre tenía que estar en alguna parte y tenía que encontrarla.

Con cautela, no sabía con qué se podía encontrar, registró cada estancia del departamento sin encontrar ni el más mínimo rastro de la mujer.

—Joaco, que lo que viste en el cuarto no te desanime —se dijo—. Eso no tiene por qué significar que le ha pasado algo —agregó, en un susurro, procurando calmarse, mientras rebuscaba en los cajones de la encimera, en busca de las llaves del coche, que su madre siempre guardaba allí.

Frunció el ceño, al dar con el duplicado, en el compartimento de los cubiertos. Sintiendo un escalofrío, las tomó y se precipitó hacia el aparcamiento del edificio. No era normal que su madre saliera a aquellas horas, y mucho menos sin avisarle.

Sintiendo como la bilis le subía hasta la garganta, bajó las escaleras corriendo, alumbrando los peldaños con la linterna de su móvil. Las bombillas de aquella zona estaban fundidas desde mucho antes de que ellos se mudaran.

Era consciente de que podría haber llegado más rápido si tomaba el ascensor, pero tampoco se fiaba del estado del aparato. Todo en aquel edificio funcionaba a medias o directamente no lo hacía.

Al llegar al último escalón, agitado y sudoroso, abrió con lentitud la puerta que comunicaba con la zona del garaje.

Para su sorpresa, las luces de aquel lugar se encontraban encendidas. Aquello no era normal en el edificio, sin embargo, tenía problemas más importantes que atender que el hecho de que las luces del edificio.

Rápidamente, recorrió, una a una, las hileras de coches que se encontraban aparcados allí, contando mentalmente hasta dar con el espacio que les había sido designado por su departamento. Y, con horror, comprobó que el número diecisiete, estaba ocupado por el coche de su madre.

Durante todo el camino hasta allí, había deseado no encontrar el automóvil. De esa manera, podría encontrar una lógica a la desaparición de su madre.

Con el corazón desbocado, se acercó a la puerta del conductor y, colocando una mano su frente, a modo de visera, observó que las llaves colgaban del contacto del coche.

Cada cosa que veía tenía menos lógica que la anterior y eso no hacía más que aumentar el pánico.

Un sudor helado se extendía por su espalda, mientras, con manos temblorosas, abría la puerta.

Sintiéndose desfallecer, se montó en el coche y comenzó a inspeccionar cada rincón con la mirada, sin ser capaz de notar algo fuera de lugar. No había nada que le permitiera saber dónde rayos estaba su madre. Todo estaba tal y como de costumbre. Decenas de cajas de cigarros, envoltorios de comida rápida y otros trastos se acumulaban en la parte delantera.

Desesperado, rebuscó entre aquel desorden. Necesitaba encontrar algo que le dijera qué había pasado con su padre. Sin embargo, fue en vano. *No había nada fuera de lo normal.*

Rogaba al cielo que su madre se hubiese marchado por voluntad propia, pero ¿a dónde iría a aquellas horas de la madrugada y, sobre todo, a pie, con la lluvia torrencial que aún continuaba cayendo sobre la ciudad? Su lógica le decía que dejar de ilusionarse. Algo andaba mal y él tenía que hacer algo por su madre. Era evidente que se encontraba en peligro. Eso, si es que no le había sucedido algo ya.

—Dios, dame una pista, por favor —dijo, una y otra vez, sin dejar de buscar algo; lo que fuera.

No se consideraba religioso ni nada por el estilo, pero, en ese momento, necesitaba de cualquier ayuda.

Se sentía frustrado, cansado y tenía los nervios a flor de piel. De un momento a otro, había dejado atrás al muchacho tranquilo que todos conocido, para convertirse en un atado de nervios que necesitaba, de manera urgente, descargar su frustración y su desconcierto.

Con un nudo en la garganta, se apeó del coche y cerró la puerta con más fuerza de la necesaria. Se sentía furioso por no ser capaz de saber qué diablos estaba pasando. Sin embargo, aquel portazo hizo que algo resonara en el interior, llamando su atención.

Acercándose una vez más a la ventanilla, con la mano como visera, observó que la guantera se había abierto y se maldijo por haber sido tan estúpido de haber olvidado revisar aquel lugar.

Sin perder ni un segundo, rodeó el vehículo y abrió la puerta del copiloto. Se montó en el asiento y comenzó a sacar todo lo que había en el interior de aquel pequeño espacio.

Una vez que lo vació prácticamente en su totalidad, su mano se topó con un duro y extraño objeto.

Al sacarlo, comprobó que se trataba de una caja de anteojos.

—¿Y esto? —preguntó en voz alta, frunciendo el ceño.

Que **él** supiera, su madre no utilizaba anteojos, ni siquiera para el sol, desde que se había operado de la vista, por lo que ¿qué diablos hacía aquella caja allí? No le sonaba de nada. No recordaba haberla visto.

Mientras intentaba buscar una respuesta a sus interrogantes, la sopesó con una mano, confirmando que era demasiado pesada como para contener un simple par de anteojos.

«Si quieres saber, tendrás que abrirla», dijo una voz en su mente.

Contando mentalmente hasta tres y armándose de valor, suspiró y, con un poco de esfuerzo, logró abrir la bendita caja.

Un grito visceral, que podría haber helado hasta el mismísimo Infierno, se abrió paso a través de su garganta, reverberando en las paredes del aparcamiento.

Durante un par de minutos que se le hicieron eternos, fue incapaz de moverse. Su cuerpo, al completo, había quedado petrificado producto del horror.

Tan pronto como recuperó la movilidad y el dominio de su cuerpo, cerró la caja, ocultando el contenido, y la depositó en el sitio en el que la había hallado.

No obstante, aunque la escondiese, jamás podría borrar de su mente los azules ojos de su madre que lo observaban, sin vida, desde el interior de aquella caja del demonio.

Sin embargo, aquello solo era un aperitivo de lo que estaba a punto de ver a continuación.

Se apeó una vez más del coche y se encaminó hacia el maletero, repitiéndose, sin parar:

«Debo llamar a la policía».

Aun así, no se sentía capaz de hacerlo. ¿Cómo diablos podría describir lo que había visto?

Inspiró profundo y, haciendo caso omiso a la voz de su consciencia que lo instaba a no hacerlo, abrió el último sitio que le restaba por revisar.

Tomó el duplicado de la llave, que había guardado en el bolsillo de sus *jeans*, y la introdujo en la cerradura, haciéndola girar.

Al mirar el interior le sobrevino una arcada y el nudo que se había instalado en su garganta pareció aumentar de tamaño.

Dentro, en posición fetal, pálida y con la rigidez característica de la muerte, se encontraba su madre, con las cuencas vacías y rodeada por una gruesa capa de sangre que había comenzado a coagularse, en tanto su boca mostraba una grotesca sonrisa, abierta con un cuchillo, dejando ver su perfecta y ahora ensangrentada dentadura.

Junto al cadáver de su progenitora se hallaba un arma, cuyo calibre desconocía.

Quien había asesinado a su madre, había adivinado a la perfección lo que sentiría en ese momento.

La sensación de vacío y soledad lo abordaron en ese instante, mientras observaba a su madre en estado catatónico, sin ser consciente de que su mano se acercaba al arma, la cual estaba preparada para efectuar un único disparo, y la asía con fuerza.

Tomándola con dedos sudorosos, la acercó lentamente a su sien derecha, inspiró profundamente y, sin pensarlo, sin siquiera preguntarse qué los había llevado a su madre y a él hasta ese punto, apretó el gatillo, permitiendo que la bala se abriese paso en su cerebro, antes de desplomarse hacia adelante, sobre el cuerpo ensangrentado de su difunta madre.

Con aquel último y macabro abrazo, Joaquín se despidió de su existencia, siguiendo por el camino de la muerta a quien le había dado la vida; sin siquiera saber quién hab**ía llevado a cabo todo para que ambos terminaran de aquella manera.**

NO ESTOY LOCO

*«La esquizofrenia no puede entenderse
sin comprender la desesperación».*
Ronald Laing

NO ESTOY LOCO

Todos dicen que estoy loco, que lo que veo y lo que oigo no es más que un producto de mi perturbada mente. Sin embargo, no estoy de acuerdo en lo más mínimo con esta afirmación.

—¡No! No estoy loco. ¡No lo estoy! —repito, una y otra vez, sin dejarme convencer por esos imbéciles sabelotodo de bata blanca.

Al parecer me han oído, porque una de ellos no tarde en acudir veloz a mi habitación, con una bandeja con un enorme surtido de fármacos. Y yo no puedo evitar pensar que esto es el paraíso para cualquier drogodependiente.

En un inicio, me negué rotundamente a ingerir aquel maldito cóctel de pastillas. No me apetecía en lo más mínimo que me drogaran. Sabía que era la manera que tenían de callarme y yo no estaba dispuesto a que me silenciaran. No obstante, con el tiempo, no me quedó más remedio que adaptarme a ello. Tomar unas cuantas pastillas me parecían un buen trato a cambio de que me dejaran salir al patio todas las veces que yo lo deseara. Que la luz del sol me dé en la cara, me permite sobrellevar mejor este inmerecido encierro. Eso, y, por supuesto, mis libros y mis cuadernos de tapa dura que guardo con mimo, en el último cajón de la cómoda; uno de los pocos muebles con los que cuenta mi habitación. Sin embargo, como muchas medicinas, lo malo de consumirlas es que mi organismo ha terminado por volverse adicto a ellas. Aun así, sigo manteniendo firmemente que no estoy loco, que este encierro es innecesario y que no soy un peligro ni para mí mismo ni para el resto de los humanos.

Pero no, no vengo a contarles cómo es mi vida dentro del sanatorio mental, la cual es completamente aburrida; sino que quiero narrarles cómo fue que llegué a estar encerrado en este cuartucho de paredes blancas, en donde médicos y enfermeras, de rostro cansado, pululan por los pasillos, controlando que nada se salga de control.

La historia del por qué resido en un *inmundo manicomio* —aunque es uno de los más costosos del país— comenzó meses antes del día del matrimonio que no fue. Sí, así mismo, como leen. Pocos meses después de los hechos que me trajeron hasta aquí, me iba a casar. No obstante, este evento se vio impedido por mi querida exnovia, aunque todos se empeñan en decir que todo ha sido mi culpa; la misma que me trajo a este lugar que, según me ha dicho *mi* médico, en la actualidad llaman algo así como: «Instituto de Salud Mental», pero que, vamos, no es más que un manicomio, un loquero, de toda la vida. Ahora procuran que nada ofenda a nadie, pero yo sé muy bien dónde estoy, por mucho que se empeñen en cambiarle el nombre.

¿Cómo? ¿Que por qué no llegué a casarme?

Pues, permítanme que les cuente. Definitivamente, no es por ver cosas que los demás no pueden ver o procuran ignorar. Que, bueno, sí, es la razón principal. El verdadero motivo por el que estoy aquí es porque maté a alguien.

Ajá. Maté. La verdad es que no deseaba casarme, aunque, siendo honestos, tampoco se me había cruzado jamás la idea de matarla. La quería, la verdad es que la quería, sin embargo, el cariño que sentía por quien sería mi mujer era el mismo que se siente por algo que te hace compañía. Pero no, ni siquiera la quería como se quiere a una mascota. Realmente, lo último que quería era pasar el resto de mi vida con ella; que es lo que se supone que uno jura al momento de contraer nupcias.

¿Por qué? Porque sabía que ella solo se casaba conmigo por mi posición económica, nada más. Pamela no me quería, solo quería mi maldito dinero, ya que soy… o, bueno, era un prestigioso abogado, al que sinceramente le iba demasiado bien y contaba y cuento con el suficiente dinero en el banco como para que una familia de cuatro personas viva cómodamente durante unos diez años, o quince, si saben administrar, sin ningún tipo de necesidad.

Aun así, a pesar de que yo era más que consciente de cuáles eran sus verdaderas intenciones, jamás pensé en matarla, ni siquiera en dejarla. Sí, sé que fui bastante imbécil, pero en mi defensa puedo decir que me sentía *cómodo* con esa relación; disfrutaba de un «buen» sexo sin pagar, tenía compañera para los eventos sociales… Yo qué sé. Sí, quizás, era bastante conformista y me interesaba poco el dinero, como para protegerlo de ella.

Repito, jamás pensé en deshacerme de ella, de ninguna manera.

Al menos, no, hasta la noche en cuestión.

Aquella tarde-noche salí del trabajo bastante antes de lo que había previsto y de lo que, por ende, Analía esperaba. Cansado, había sido un día sumamente agotador, me dirigí a mi *humilde* vivienda; un chalet de tres pisos y diez habitaciones, ubicado en una de las zonas más prestigiosas de la ciudad y con una de las mejores vistas de la misma.

Al adentrarme en casa, dejé el abrigo sobre el sofá y me dirigí hacia la habitación que compartíamos con Ana, dispuesto a quitarme aquel traje todo sudado, a darme una ducha y a meterme en la cama, de ser posible. Sin embargo, lo que encontré en el cuarto, fue todo lo contrario a la paz que esperaba: mi futura esposa se encontraba manteniendo relaciones sexuales con otro hombre, que, para colmo de males, no era otro que el apuesto y musculoso jardinero que, ¡oh, casualidad!, ella había insistido en contratar semanas atrás. Así es, la muy maldita no solo me estaba engañando con aquel tipejo de tres al cuarto, sino que encima me había convencido de llevarlo a casa, insistiéndome, una y otra vez, que solo era un amigo «*gay*», según sus palabras, que necesitaba trabajo.

No si es que yo no recibí el diploma de imbécil, porque para eso no se estudia.

Contrario a lo esperado, no me enojé, ni siquiera llamé su atención. Me encontraba en *shock*, sin saber muy bien por qué.

Con una inusitada calma, tomé el abrigo que había dejado sobre el sofá de la sala y salí, una vez más, de casa. Me alejé de allí, como si el *intruso* fuese yo.

¿Cómo? ¿Que por qué me fui sin más?

Siendo sincero…, ¡no tengo ni la más puta idea! Quizás, en ese momento, sentí que eso era «lo mejor», o, tal vez, estaba tan aturdido que… ¿Que qué? No lo sé. Lo único que tengo por seguro es que sentía que no podía permanecer allí; necesitaba poner en orden mi cabeza y decidir, de una bendita vez, qué mierda quería hacer con mi vida, y aquel no era el mejor lugar para hacerlo, ¿no?

Durante lo que me parecieron horas, me dediqué a vagar por las transitadas calles de la ciudad, un día sábado por la noche, sin saber muy bien qué hacer o a dónde ir.

Cuando los pies ya me ardían de tanto caminar, embutidos en aquellos zapatos de diseñador que de cómodos no tenían nada, me adentré en mi bar favorito, me senté ante la barra y pedí lo mismo de siempre: un *whisky* doble con hielo.

Perdido en mis pensamientos, consumí prácticamente toda la botella que Rodolfo, el encargado, terminó por dejar a mi entera disposición.

Pensando en todo y mirando a la nada, una idea fue tomando forma en mi cabeza. Y no, aunque no me crean, esa idea no tenía nada que ver con matar.

—Sí, tiene que ser ahora —murmuré, mientras hacía girar el contenido de mi vaso.

Rodolfo me observó, frunciendo el ceño, pero no me interrogó ni dijo nada. Nos conocíamos desde hacía demasiado tiempo, como para que supiera que, en el estado en el que me encontraba, lo mejor era no hacer preguntas.

Cuando ya consideré que había bebido suficiente y que era tiempo de llevar a cabo la idea que se había gestado en mi mente, me puse de pie y, tras pagarle a Rodo la botella de *whisky* que había consumido, me encaminé hacia la salida.

De regreso a casa, a unas pocas cuadras de llegar a mi destino, un hombre vestido de negro, salió de la nada y se paró frente a mí, impidiéndome el paso. Durante un eterno minuto, lo observé, con el ceño fruncido, a la espera de que me dejase continuar con mi errático andar hacia mi destino. No obstante, el desconocido sujeto continuó frente a mí, inmóvil.

Al percatarme de que no se movía y que no me daba paso, me moví hacia un lado, intentando esquivarlo, pero él imitó mis movimientos, por lo que ambos comenzamos a protagonizar una escena digna de una comedia. No importaba hacia dónde me moviera, él repetía mis movimientos, como si fuera mi reflejo.

—¡Serías tan amable de dejarme pasar! —exclamé, harto de aquel maldito baile en el que a duras penas lograba mantenerme en pie.

Me era imposible ver su rostro, ya que, no solo estábamos poco iluminados por una de las farolas de la calle, sino que él se encontraba completamente cubierto. Tan solo podía vislumbrar un leve destello blanquecino en donde, por lógica, sabía que estaban sus ojos.

—Necesitas ayuda —me dijo con voz grave, a través de la cual pude intuir una sonrisa, aun en mi ebriedad—. Y yo puedo proporcionártela —aseguró.

—Cállate —escupí o balbuceé; ya ni recuerdo—. ¿Qué mierda sabrás tú? No, necesito, ayuda… —dije entre hipidos. Inspiré profundo y tragué saliva—. Lo único que necesito es que te apartes de mi camino.

—Ya deja de esquivar los problemas de una buena vez —repuso, ignorándome—. Estoy muy seguro de que sí necesitas ayuda. —Rio—. En primer lugar, con la borrachera que tienes es poco probable que llegues a algún sitio; en segundo lugar, créeme, sí me necesitas. Puedo ayudarte a que te deshagas de lo que tanto te molesta.

—¡Cállate de una vez! —grité—. No tienes ni la más puta idea de cuáles son mis problemas. Aunque…, ahora que lo pienso, sí que puedes hacerme un favor: ¡déjame pasar!

En vano, intenté esquivarlo de nuevo, pero el alto porcentaje de alcohol en mi sangre no me ayudaba en lo más mínimo.

—Bien, ya que estás tan seguro de que no sé nada de tu vida, dame la oportunidad de adivinar —dijo, entrelazando sus dedos, e inspiró profundo antes de continuar—: Eres Martín Bustamante, un prestigioso abogado que, actualmente, se encuentra comprometido con una maldita oportunista que no hace más que dilapidar tu fortuna, mientras se acuesta con el jardinero que *ella misma* se encargó de contratar. —Suspiró, como si aquello le pesara más que a mí—. Por otra parte… —Simuló pensar—, parece ser que eres bastante estúpido como para no deshacerte de ella, por temor a que tus padres continúen pensando que eres *gay*. —El sarcasmo de sus palabras no hizo más que aumentar mi furia. ¿Quién mierda era ese tipo que conocía los detalles más íntimos de mi vida? —¿Y todo por qué? —preguntó, antes de responderse a sí mismo—. Porque no tienes lo que hace falta para enfrentarte a quien sea y poner en claro lo que sientes y lo que quieres. Sí, eres un excelente abogado, puedes defender hasta el caso más complejo, pero no puedes defender tus propios intereses. —Inspiró y soltó el aire con lentitud—. Y ahora te encuentras ante mí, luego de que hulleras a hurtadillas de *tu propia casa*, para embriagarte, dejando a tu *futura esposa* follando con cualquiera.

Durante unos eternos segundos, permanecí inmóvil, petrificado ante sus palabras. Todo lo que había mencionado no era de conocimiento público, ¿cómo diablos sabía todo aquello? ¡Mierda!, si es que sabía de mí más que yo mismo, me había leído por completo. ¿Quién mierda era aquel sujeto que había salido de la nada y me increpaba de aquella manera?

—¿Quién diablos eres? —me atreví a preguntar, al cabo de un momento.

El miedo me invadió de repente y la ebriedad comenzó a disiparse producto de la adrenalina.

—Un «amigo» —dijo, pronunciando la última palabra con lentitud—. No es necesario que sepas quién soy, en realidad —agregó—, pero no tengas miedo. Solo soy un simple amigo que quiere ayudarte.

Por mucho que forzara mi mente, no podía dilucidar quién era aquel hombre, sin embargo, había algo en él que, lentamente, comenzaba a resultarme «conocido», si es esa la palabra correcta.

Luego de unos segundos, en los que se limitó a observarme, con paciencia, se apartó del camino, permitiéndome el paso.

Di un par de pasos, inseguro, temiendo que volviese a cruzarse en mi camino, mas no lo hizo. Poco a poco, comencé a acelerar el paso, en dirección a mi vivienda. No obstante, podía sentir, pese a que no me animé a mirar sobre mi hombro, como aquel sujeto me seguía, como si fuera mi sombra.

Al llegar a la dirección en la que se ubicaba el chalet en el que vivía, pude comprobar, sin mucho esfuerzo, que el bendito jardinero continuaba allí; dado que su moto permanecía aparcada en el mismo sitio en la que la había visto horas antes.

Conteniendo el terror, y sin saber qué más hacer, di media vuelta y encaré al desconocido, quien, tal y como yo había percibido, me había seguido hasta allí.

—Creo que lo mejor es que me vaya a un hotel —murmuré, sin saber muy bien por qué se lo decía a un desconocido. La valentía que me había dado el alcohol, momentos antes, para llevar a cabo la idea que había surgido en mi mente, se había disipado casi por completo.

—Oh, no, no te irás a ninguna parte —repuso, negando con la cabeza. Fruncí el ceño, sin comprenderlo—. Sabía que eres imbécil, pero tenía fe de que no fuera tanto. —Suspiró.

—¡Oye! A ver si me respetas un poco. No sé quién eres ni qué quieres. Lo único que sé es que me conoces más que yo mismo, pero eso no te da derecho a tratarme de ese modo —espeté—. Si tanto te molesta como soy, puedes desaparecer por donde has venido.

—No —dijo y suspiró—, aunque seas un imbécil, no me marcharé hasta que haya cumplido con mi cometido —agregó, cruzándose de brazos.

—¿Y tu deber es…? —pregunté, harto de todo aquello.

—¿Tengo que repetirlo? —Asentí. —Además de estúpido, eres sordo —dijo, volteando los ojos al cielo—. Mi deber es ayudar a un *pobre idiota* que no tiene los huevos suficientes como para hacerse con el control de su vida. ¿Y sabes quién es ese *pobre idiota*? ¡Síííí! ¡Bingo! Eres tú. Debes quitarte de encima a esa *mujerzuela* y debes hacerlo ahora.

—Claro —dije, y solté una carcajada—, lo había olvidado: tú eres mi salvador —agregué cuando por fin logré dejar de reír—. Y, dime una cosa: ¿cómo piensas ayudarme? ¿La matarás, la cortarás en pedacitos y se la darás a los perros para cenar? —pregunté y comencé a desternillarme de risa.

—¿Sabes…? Para ser tan corto de mente, tienes buenas ideas —respondió, pensativo, mientras asentía—. ¡Podemos hacerlo! —exclamó, luego de un par de minutos.

—¿El qué?

—Y aquí vamos otra vez… —Suspiró—. Pues matarla, ¿qué más? Lo acabas de decir, pedazo de idiota.

—Confirmado. ¡Estás mal de la cabeza! —Mi voz se convirtió en un chillido—. Espero que estés de broma, porque…

—No, no bromeo. Podemos… *puedes* hacerlo. Es más sencillo de lo que parece, solo requiere de algo muy simple: determinación.

—Y… ¿qué digo luego si me preguntan por ella? —pregunté. No sé por qué demonios, aquel sujeto comenzaba a convencerme, pero, poco a poco, la idea comenzó a parecerme menos absurda.

—No lo sé, algo se te ocurrirá —respondió, encogiéndose de hombros—. Lo importante es que te decidas de una buena vez.

Era más que consciente de que aquello era una estupidez y que, probablemente, no lograría salirme con la mía. Sin embargo, me dejé convencer y guiar por mi *nuevo* y *desconocido amigo*.

No lo pensé demasiado, sabiendo que me arrepentiría de un momento a otro, y me adentré en la casa con paso resuelto. Sin saber muy bien qué haría ni cómo llevaría a cabo lo que me había propuesto, me encaminé hacia la cocina y abrí todos y cada uno de los cajones de debajo de la encimera, en busca de lo que el sujeto me sugirió: un cuchillo.

Con la afilada arma en la mano derecha, encaminé mis pasos hacia la habitación, en donde el jardinero y Analía continuaban.

Al acercarme a la puerta, me percaté de que no se oía nada desde el exterior, lo que me llevó a pensar en que quizás habían caído rendidos, exhaustos de tanto follar como conejos.

Sonreí. Si era así, no se daban una idea del favor que me estaban haciendo.

Con lentitud, abrí la puerta de la recámara y me introduje, procurando hacer el menor ruido posible, mientras continuaba siguiendo las indicaciones de *mi amigo*.

Sigilosamente y con cuidado de no llevarme nada por delante, dado que había decidido no encender la luz para no alertarlos, me acerqué a Ana y tomé uno de los pañuelos que ella guardaba en la mesilla de noche y la amordacé. Para mi sorpresa, aquella acción no me resultó demasiado difícil, gracias a que dormía profundamente, en posición fetal, dándome la espalda. Se removió incómoda, pero no se despertó, y yo sonreí. Sin embargo, no tardó en abrir los ojos cuando sintió que tomaba sus manos y las ataba a los barrotes de la cama.

Sobresaltada, frunció el ceño y miró en derredor. Pobre, no tenía ni la más remota idea de qué estaba sucediendo, ya que, por su manera de rebuscar en la oscuridad, era incapaz de reconocerme en la oscuridad del dormitorio.

Sin perder tiempo y desoyendo sus preguntas, sobre quién demonios era, rodeé la cama y me acerqué a su acompañante, repitiendo el proceso con agilidad.

«Este sí que tiene el sueño pesado», recuerdo que pensé, al notar que no se movía ni se inmutaba siquiera con los gritos de su amante.

—Deshazte de ella primero —me instó *mi amigo*.

—Ya lárgate —espeté—. Ya tienes lo que quieres, ya me ayudaste, ahora déjame hacer esto en paz —dije, mirando hacia el rincón desde donde había oído su voz.

Me sentía como una maldita marioneta y, en ese momento, lo único que quería era hacer lo que mi instinto me indicaba. No sabía cómo ni por qué, pero allí estaba esa sensación de que aquello era lo que quería y necesitaba. ¿Por qué? No tengo idea, pero así era.

—Si eso es lo que quieres... —dijo, y pude oír como sus pasos se alejaban hacia la puerta—. Luego no te quejes de que te dejé solo —agregó y desapareció por completo.

A pesar de haberlo echado, seguí su último consejo y me dirigí, veliz, hacia Ana, así con fuerza el cuchillo que había dejado sobre la mesilla de noche y comencé con mi tarea.

Lentamente, acerqué la hoja a su rostro.

En cuanto Ana sintió el frío acero sobre su piel, comenzó a retorcerse con ferocidad, como un maldito gusano, intentando zafarse. Se la veía tan indefensa... Sin embargo, aquello, en lugar de hacer que me arrepintiera de lo que estaba haciendo, no hizo más que aumentar mis ansias de sangre.

Sin inmutarme por sus vanos intentos para evitar que le hiciera daño, fui rasgando su piel, con una lentitud que me sorprendió incluso a mí, mientras sus gritos eran amortiguados por la improvisada mordaza.

Cuando creí que ya había hecho suficiente, al menos, por el momento, me detuve un momento para encender la lámpara que descansaba sobre la mesilla de noche. Sentía una imperiosa necesidad de presenciar mi obra...

Al ver aquella imagen, no pude más que suspirar.

La sangre manaba, lenta pero segura, de cada una de las heridas que le había infligido, empapando las blancas sábanas de seda.

En cuanto me vio, su terror aumentó y se mezcló con el más completo desconcierto.

Un sonido gutural brotó de su garganta, un sonido muy similar a un triste «por favor».

—Quieres que lo deje, ¿verdad? —pregunté, con una sonrisa burlona. Ella asintió con vehemencia, con la esperanza de que cesara con la tortura. Sin embargo, no sabía que aquello era solo el comienzo—. Lamento ser el portador de malas noticias, pero eso no es posible, *mi amor* —dije, pronunciando aquellas dos últimas palabras con evidente asco.

Durante lo que a mí me pareció un segundo, pero a ella seguramente le resultó una eternidad, corté, rebané y apuñalé cada trozo de piel hasta estar totalmente satisfecho. La adrenalina, durante los últimos minutos, había aumentado hasta niveles desconocidos, con cada puñalada, con cada rajadura en su piel de porcelana. Tengo que confesar, muy a mi pesar, que la sensación era demasiado embriagadora. En ese momento, me sentí invencible, capaz de todo. En definitiva, me sentí «poderoso».

De acuerdo al examen preliminar y la posterior autopsia, Ana falleció a las pocas puñaladas, sin embargo, aparentemente mi sed, una sed hasta entonces desconocida, había impedido que me percatase del momento en el que dio su último suspiro.

En cuanto a su amante, tengo que decir que corrió mejor suerte que ella. Tan solo me limité a mutilarle los genitales. No veía la necesidad de acabar con su vida, cuando solo era un idiota que había caído en la red de la *diosa araña*. Además, a esas alturas, me sentía exhausto, ya que había descargado en ella toda mi ira y mi frustración.

No obstante, tengo que reconocer que aquello —me refiero a dejarlo con vida— fue un completo error. Si ahora me encuentro encerrado, no es más que por su puta culpa. En varias ocasiones me cuestioné si no hubiera sido mejor que también hubiese acabado con él, pero siempre me respondo lo mismo: pagar culpas con el amante, con el tercero en discordia, es lo más estúpido que puede existir. Él pagó su parte, pero no merecía más. ¿Por qué? Porque es igual que cuando tu perro se caga en el sofá de la sala. ¿A quién regañas? Pues al perro y no a la mierda que dejó hermosamente estampada.

Por lo poco que supe durante mi juicio, lograron realizarle un exitoso reimplante. Aunque, pobre de él, será impotente por el resto de su vida. Lamentablemente, no lograron que su miembro volviese a funcionar como hasta aquella noche.

Pero ¿por qué me cuestiono si no hubiese sido mejor acabar con él? Porque el muy hijo de puta logró llamar a urgencias, mientras yo bebía una copa de coñac, cómodamente sentado en el sofá de la sala.

Cuando fue mi turno de declarar en el juicio, el cual se llevó a cabo cuatro meses más tarde, creí conveniente, como el abogado penalista que soy, o, mejor dicho, que era, decir toda la verdad y nada más que la verdad, en vista de todas las pruebas con las que contaba el fiscal a cargo del caso.

Durante una hora y media, me dediqué a exponer los hechos, de manera cronológica y lo más precisamente posible, dado que durante varias horas me había encontrado bajo los efectos del alcohol.

Tras mi relato, el juez solicitó que se me realizara una evaluación psiquiátrica, debido a que entre todos los datos que había proporcionado estaba el detalle de *mi amigo*, de cómo se había aparecido en mi camino y de cómo me había instado a cometer el asesinato. El magistrado no creía en mi narración. ¿Por qué? Pues porque en la escena del crimen solo se habían encontrado tres tipos de huellas diferentes: las de las víctimas y las mías.

Realmente, no buscaba que me consideraran inimputable y me encerraran en un Instituto de Salud Mental. Yo era más que consciente de mis actos y sabía que me correspondía una de las penas más altas. Si decidí confesar, fue simplemente porque deseaba reducir mi condena, aunque solo fuera un par de años.

No obstante, no podía oponerme a la decisión del juez, creyendo, estúpidamente, que me libraría de ser considerado *loco*. La conclusión a la que llegaron los psiquiatras fe, evidentemente, que sufría de «esquizofrenia». Así es, consideraron que lo que había hecho había sido bajo los efectos de una *enfermedad mental*, por lo que, en el momento del crimen, no era consciente de mis actos.

Cuando oí el veredicto del juez, no pude más que echarme a reír a mandíbula batiente. ¿Loco yo? ¿En serio? Sin embargo, aquello no hizo más que confirmarle que los médicos estaban en lo correcto y yo no me encontraba en posición de ser juzgado, sino que sería enviado directamente a un sanatorio mental.

Después de eso, ¿qué más puedo decirles? A pesar de haber sido confinado aquí, contra mi voluntad, debo confesar que no puedo quejarme. Podríamos decir que en estos momentos me encuentro en una cárcel VIP: tengo televisión por cable, una enfermera que se ocupa únicamente de mí —quien también me compra el diario, los libros y cualquier otra cosa que le pida— y, además, sirven una comida excelente, digna de cualquier restaurante de renombre. No recuerdo si ya se los he comentado, pero sí, me encuentro confinado en un *loquero de élite*, como me gusta llamarlo, gracias a la gran fortuna que amasé durante mis años de oficio.

Mientras escribo este relato, cuento, historio, vaya a saber qué diablos es esto, me encuentro mirando hacia el exterior a través del enorme ventanal de mi habitación, mientras exprimo al máximo mis recuerdos para poder contarles esta historia. Con esto, no busco que me perdonen ni que me comprendan, solo quiero contarlo sin miedo para ver si puedo procesarlo de una bendita vez. Me cuesta hacerme a la idea de que ya han pasado diez años desde que maté a Analía y le amputé al miembro a… *ni siquiera recuerdo su nombre.*

Me encuentro tan sumido en mis recuerdos que no puedo evitar sobresaltarme cuando la puerta se abre y se cierra a mis espaldas. Esperando encontrarme con Angélica, mi enfermera, me doy la vuelta de manera automática, con una sonrisa surcándome el rostro.

Sin embargo, me petrifico ante lo que veo.

Parpadeo un par de veces, intentando que aquella *visión* desaparezca, pero me resulta imposible. En vano, lo vuelvo a intentar. No puedo creer que esté aquí, precisamente aquí, después de diez benditos años, la puta razón de mi encierro.

—¿Qué mierda haces aquí?

—¡Hey, hey, hey! —Sonríe—. ¿Esa es la manera en la que recibes a un viejo amigo? —me pregunta, burlón—. Por cierto, estás hecho un viejo decrépito. Veo que los años y el encierro no te han sentado nada bien —agrega.

—¿Encima de que estoy aquí por tu culpa, tienes el descaro de burlarte de mí? —inquiero, sin poder creer lo que está sucediendo. Inhalo y exhalo, cerrando los ojos por un momento, llamando a la calma.

—Perdona, pero ¿cómo dices? ¿Mi culpa? —pregunta y su risa resuena por la habitación—. Que yo recuerde fuiste tú el que mató a la vividora y castró al pobre infeliz —dice, tomando asiento en el único y diminuto sofá que se encuentra en una esquina del dormitorio.

—¿Cómo entraste? —inquiero, y aprieto los labios—. Desapareciste durante años, me hiciste pasar por loco y ahora apareces de repente aquí como si nada hubiese ocurrido… ¡Nadie me creyó que existías!

—Fuiste tú el que me pidió que me marchara, ¿no lo recuerdas? Ahora no me vengas con eso de que te *dejé solo*.

—¡Responde! ¿Cómo entraste? —exclamo, ignorando sus palabras.

—Muy sencillo: pensaste en mí y aquí estoy —dice, encogiéndose de hombros—. Si no te creyeron, es por algo, ¿no crees?

—¿Qué?

—Así es, amigo mío. ¡Sí estás loco! *¡Loco!* ¿Lo comprendes o debo deletrearlo? —Ríe.

—¿Tú también vendrás con esa estupidez? —pregunto con incredulidad—. Todos quieren que crea que estoy loco, pero sé muy bien que no es así. Mira, tú estás aquí, ¿o no? ¡No, estoy, loco! —escupo, levantándome de mi asiento y acercándome a él.

—Por el simple hecho de verme, confirmas tu locura —responde, dedicándome una sonrisa burlona.

—¡No me jodas!

—A ver…, intentaré explicártelo, ¿Okey? —Suspira, tomándose el mentón entre el índice y pulgar—. En parte tienes razón, yo existo…

—¿Ya ves? —lo interrumpo.

—Déjame terminar, ¿sí? —me pide, observándome como si se dirigiese a un idiota—. Yo existo, es cierto, pero solo *en tu cabeza*. Solo para ti soy real.

—¡Maldita sea! ¡Que no estoy loco! ¡No lo estoy! —grito, tomándolo por los hombros.

En ese preciso instante, Angélica entra en la habitación y me observa, precavida, como quien se encuentra ante un león, que puede saltarle encima en un abrir y cerrar de ojos.

—Señor —dice con cautela—. Sé que no está loco. ¿Sería tan amable de tranquilizarse y tomar asiento? Es la hora de la cena —agrega, abriendo bien la puerta y entrando un carrito de acero inoxidable, sobre el que transporta una bandeja con la comida.

—¡No! —grito, asustándola—. Mira. ¡Mira! ¡Él está aquí! El sujeto del que te he hablado está aquí —agrego, señalando al sofá sin dejar de mirarla.

—Señor… —Traga saliva. —Señor, disculpe, pero allí no hay nadie.

—¿Cómo que no? Está sentado aquí mis… —replico y me doy la vuelta, comprobando que Angélica tiene razón: el asiento está vacío.

¿Qué diablos?

—¡Es imposible! —Susurro—. Si, hasta hace unos segundos, se encontraba allí.

Mientras exprimo mi cerebro en busca de una explicación lógica, Angélica me toma suavemente por el antebrazo y me guía hacia la silla, y yo me siento sin oponer resistencia.

Abstraído como estoy en mis pensamientos, no percibo que, Angélica, deja le cena frente a mí, no sin antes besarme la incipiente calva y decir:

—¡No está loco!

—No lo estoy; no lo estoy —repito una y otra vez, mientras la joven se marcha.

Con la mirada perdida, casi como un autómata, me giro hacia la mesa e, ignorando la deliciosa comida, tomo el bolígrafo y continúo escribiendo.

AGRADECIMIENTOS

Estas historias las comencé a escribir hace ya tiempo, como una especie de cable a tierra, como una manera de desconectarme de la realidad y, a su vez, de criticarla.

Jamás imaginé que verían la luz y, sin embargo, hace cuatro años estaba aquí mismo, escribiendo los primeros agradecimientos de este, mi primer libro.

Después de tantos años —porque sí, para mí son muchos— de la primera edición, no puedo estar más emocionada de ver todo el camino recorrido.

Sin embargo, como aquella primera vez que estas historias vieron la luz, esto no sería posible sin ciertas personitas que me han acompañado durante todo el proceso, de esas que me ayudaron a que en 2018 estos relatos vieran la luz y aquellas que, actualmente, me han incentivado a darles una releída, a corregirlos e, incluso, a realizar una nueva portada y una nueva maqueta con todo lo aprendido hasta el momento.

En primer lugar, y como prácticamente siempre, debo agradecerle a la familia que formé: a mi marido y a mi hija, porque, si bien a veces no comprenden mis locuras literarias, me llena de placer y de orgullo ver como ambos, cada uno a su manera, están siempre ahí apoyándome y alentándome a seguir, a no bajar los brazos. Mil millones de gracias, mis *puchunos*, por estar ahí en todo momento. ¡Los amo demasiado!

En segundo lugar, tengo que agradecerle a mis padres, quienes, a pesar de tampoco comprender del todo mi amor por las letras, siempre me han apoyado, siendo ellos los primeros que apostaron porque estas historias vieran la luz a nivel nacional (Argentina). Mil gracias, en serio, por siempre estar ahí, a pesar de todo, a pesar de mis locuras. ¡Los amo!

Sin embargo, no puedo olvidarme de todos aquellos que me ayudaron a abrirme paso en este mundillo, de quienes me apoyaron aún sin conocerme, de quienes apostaron por mí sin saber qué tenía para ofrecer. Gracias a todas esas personitas —con algunas he perdido el contacto hace ya tiempo, mientras que con otras continúo manteniendo una hermosa amistad—, por hacer esto posible. No los nombro a todos porque sería una lista interminable y podría, lamentablemente, pecar de olvidar a alguien, y eso es lo último que quiero, porque todos han sido partícipes de esta aventura y olvidarlos sería el mayor error que podría cometer.

Tampoco puedo olvidarme de los lectores beta de esta obra, de los primeros lectores, de quienes se abrieron paso por estas páginas sin saber siquiera quién era yo. Gracias a todos y cada uno de ellos, porque, sin sus lecturas, sin sus recomendaciones, sin sus consejos, sin sus críticas constructivas… esta reedición no existiría.

Mil millones de gracias por estar ahí desde que di el primer paso; gracias por cada palabra de aliento, por cada reseña; gracias, gracias y mil gracias.

Y por último, gracias a ti que estás leyendo esto por primera vez —o quizás es una relectura, ¿quién sabe?—, gracias por apostar por la literatura independiente, gracias por tener el valor de adentrarte en las *entrañas del abismo*. Gracias, de todo corazón, ¡mil gracias!

Sé que me repito como un loro, pero es que no puedo estar más agradecida con todos aquellos que la vida ha puesto en mi camino, por todo lo que me ha dado haber editado por primera vez este libro, por permitirme hacer lo que amo. Si aquel julio de 2018 no hubiese dado el primer paso, no hubiese conocido personas maravillosas; no podría estar haciendo lo que amo, o, al menos, no de la misma manera, y nada sería igual. Por eso, en serio, y desde lo más profundo de mi corazón:

¡Gracias infinitas!

ÍNDICE

Cenizas de Libertad..9

Ceguera..23

El último adiós..33

Ángel..43

Sangre en Navidad..51

La libertad de la muerte..69

Las entrañas del abismo..85

Ambición..95

La cámara..127

Abogado del infierno..135

Suicidio..145

Sensaciones..155

No estoy loco..165

Agradecimientos..181